Die Gräfin

Inhaltsverzeichnis:

Anmerkung

Dramatis personae – Schauplätze

Erster Akt: Exposition

Zweiter Akt: Havarie

Dritter Akt: Gipfelfall

Vierter Akt: Sturm und Drang

Fünfter Akt: Endspiel und Epilog

Anhang

Anmerkung des Autors

Dieses Werk hat viele Tragödien – aber nur eine ist wahrhaftig.

Philipp Kaul

Die Gräfin von Rovere – Spiegelkunst

Philipp Kaul

Die Gräfin von Rovere

Spiegelkunst

Tragikomödie – Lesedrama

Bibliografische Information der Deutschen
Nationalbibliothek:
Die Deutsche Nationalbibliothek verzeichnet diese
Publikation in der Deutschen Nationalbibliografie;
detaillierte bibliografische Daten sind im Internet über
http://dnb.dnb.de abrufbar.

© August 2023, Philipp Kaul

Cover: Philipp Kaul

Herstellung und Verlag: BoD – Books on Demand,
Norderstedt

ISBN: 978-3-7578-1042-9

Dramatis personae

Donatella della Rovere – Donna Tella genannt

Paullanna della Rovere – Donna Lanna genannt

Genoveffa della Rovere – Donna Veffa genannt

Hector von Döber – guter Bekannter Donna Tellas

Pedro Ponce della Rovere – Onkel der Rovere-Schwestern

Limbo Leontes della Rovere – Onkel der Rovere-Schwestern

Geltrude della Rovere – Gattin Limbos

Massimo della Rovere – Sohn von Limbo und Geltrude

Salvatore Cutrera – Vertreter der Corleone Familie

Melchiorre Esposito – Clanoberhaupt der Ferraris

Taddeo Tudor Tedesco – Clanoberhaupt der Casagrande

Julia Maria Tedesco – Gattin Taddeos

Ignazio Tedesco – Sohn von Taddeo und Julia

Salvatrice Maria Montanari – Clanoberhaupt der Montanaris

Busco – Leibwächter von Salvatrice

Cusco – Leibwächter von Salvatrice

Tancredi Volpi – Consigliere der Picciotteria

Benito Amilcare Andrea Mussolini – Patenkind von Donna
Tella

Augusta Clavica Mussolini – Tante von Benito und
Oberhaupt der Mussolini Familie

Aghatella di Moro – Oberhaupt der di Moro Familie

Victor di Moro – Gatte von Aghatella

Geronimo di Moro – Sohn von Aghatella und Victor

Banco Bonaventure della Rovere, Conte – Vater von Tella, Veffa und Lanna und Oberhaupt der Roverefamilie; Contes Banco genannt

Nena della Rovere, geb. Brehtal – Gräfinwitwe und Mutter von Pedro, Banco, Limbo

Huarte – Hauswirt des Schlosses

Dorotea – Hausdame des Schlosses

und andere Bedienstete

Schauplätze

Ort: Graubünden, Schweiz. Nähere Umgebung: Mafia-Hochburg Schloss Anselm in den alpinen Gebirgen. Das Schloss ist eingeteilt in Nord-, Süd- und Ostflügel. Der Nordflügel führt an ein steiles Hochgebirge, der Südflügel umgekehrt zum Hang. Den Westflügel bilden das Entrée und der davorliegende Park.

Folgende Schauplätze werden im Drama benutzt:

Entrée

Eine lange Eingangshalle.

Saal der Tafelrunde

Speisesaal

Großer Saal mit mehreren aneinandergereihten Tischen, die zusammen einen langen Tisch bilden. Ansonsten nur Blumendekorationen.

Ballsaal

Größter Saal des Hauses – Podium, Tanzfläche und Rundtische darum.

Herrensalon

Gesellschaftszimmer mit schwarzdunklem Mobiliar. Viele Wandregale mit Büchern gefüllt, in der Mitte des Salons ein Billardtisch, zwei Sessel und ein Diwan.

Damensalon

Gesellschaftszimmer mit hellem Mobiliar. Viele mit Büchern gefüllte Wandregale, in der Mitte des Salons zwei Sessel und eine Ottomane.

Büro des Mafiafürsten

Schließt an die Gemächer des Mafiafürsten an. Ein nach Osten ausgerichtetes Büro à la Mafiaboss. Dunkelfarbiges Mahagonimobiliar. Ein Arbeitstisch (Bureau) steht vor dem hohen Fenster, dazwischen ein großer Sessel. Zwei Stühle stehen vor dem Tisch. An den Wänden sind mit dunkelumschlägigen Büchern befüllte Regale.

Badezimmer im zweiten Stock

Weniger pompöses und eher kleines Badezimmer mit einem Lavabo, einem Spiegel darüber, und einer Toilette.

Zimmer 105

Gemach von Donatella della Rovere. Ein großer Raum mit anschließendem Badezimmer. Mittig steht ein großes Himmelbett. Ansonsten stehen Bücherregale und ein Sekretär gegenüber dem Bett.

Zimmer 209

Treppenhaus im Südflügel

Gewöhnliches Treppenhaus im Anselm-Stil mit Wendeltreppe. Das Treppenhaus im Südflügel hat Anschluss zu allen Stockwerken inklusive Kerker und Abendterrasse.

Abendterrasse

Südliches Plateau im Freien. Bestückt mitverschiedenen Broderien, Topfpflanzen und Sitzbänken. Morgens kann man den Sonnenaufgang, abends den Sonnenuntergang betrachten.

Geheime Bibliothek im ersten Stock

Bibliothek im Südflügel des Schlosses. Über einen verschiebbaren Wandschrank betretbar. Gegenüber den hohen Fenstern, die gen Horizont schauen, stehen Regale mit akribisch geordneten Büchern. In der Mitte des Zimmers, auf dessen Decke ein bescheidener Kronleuchter hinunterhängt, stehen ein runder Tisch, auf dem ein Bauplan jedes einzelnen Stockwerks ausgebreitet liegt, und drei hölzerne Stühle am Tisch. An den Wänden zwischen den Fenstern hängen Portraits unbekannter Persönlichkeiten und ungenaue Darstellungen von Weltereignissen. Ein hoher Tresor steht in einer Ecke zwischen zwei Bücherregalen.

Park vor dem Entrée

Broderiegarten im Versailles-Stil. Verbindet die Seilbahnanlegestelle mit der Entrée-Halle.

Seilbahnanlegestelle

Kleines Gebäude am westlichsten Eckpunkt Anselms. Hier legen die Seilbahnen an. Einziger Ein- und Ausgang.

Verschiedene Flure des Schlosses

Meistens bestückt mit Kommoden, Chiffonnieren und hängenden Gemälden und Porträts.

Erster Akt

Exposition

Erste Szene

Schauplatz: Geheime Bibliothek im ersten Stock. Tella, Veffa und Donna Geltrude stehen um den Tisch, Don Limbo, etwas auf einen Bauplan kritzelnd, und Hauswirt sitzen auf Stühlen.

DONNA GELTRUDE: Also machen wir es im großen Saal?

DON LIMBO: An der Tafelrunde soll es geschehen. Wenn alle beisammen sind. Es muss schnell und ohne Probleme ablaufen.

TELLA: Wann werden sie eintreffen, unsere Gäste?

DON LIMBO: Heute Abend. Und wir werden sie herzlich empfangen.

VEFFA: Glaubt ihr nicht, dass es etwas zu offensichtlich ist?

DONNA GELTRUDE: Die Versammlung?

VEFFA: Ja, schließlich geht es um den Fortbestand der Clans. Die Oberhäupter sind nicht dumm; sie werden ahnen, dass wir etwas vor haben mit diesem Treffen.

DON LIMBO: Das sollen sie auch. Wenn sie erst einmal glauben, vorsichtig sein zu müssen, was sie auch ohnehin sein werden, sind unsere Vorhaben umso legitimer.

DONNA GELTRUDE: Seit mehr als einem Jahrzehnt gab es keinen Anführer unter uns. Das soll sich ändern.

DON LIMBO: Zeiten ändern sich, Freunde. Und wenn wir es nicht schaffen, friedlich zu koexistieren unter einem Banner, werden wir von allen Landkarten gestrichen.

TELLA: Gemeinsam überleben oder den Rest eliminieren.

DON LIMBO: So ist es.

Don Pedro und Salvatore Cutrera treten ein.

DON PEDRO: Dies ist die einzige Regel, die in unserem Leben als Mafia wahrhaftig ist.

DONNA GELTRUDE: Pedro, was macht Signore Cutrera hier?

CUTRERA: Verzeiht mein unerlaubtes Eindringen. Ich hielt es für nützlich, mit meinen Fähigkeiten einen Beitrag zu leisten für die Wiederherstellung der Union.

DON PEDRO: Mach dir keine Sorgen, Geltrude. Salvatore ist auf unserer Seite, wir haben uns abgesprochen. Er wird uns sicher eine große Hilfe sein.

DON LIMBO: Dann ist Corleone dabei?

CUTRERA: Mit Blut und Stahl.

TELLA: *nimmt den Bauplan für das Erdgeschoss* Die Runde ist groß, alle werden Platz haben. Sind wir uns einig, wer neben wem sitzen wird?

DON LIMBO: Das werden wir jetzt besprechen. Pedro, hast du die fehlenden Portfolios?

DON PEDRO: *legt Dokumente auf den Tisch*

DON LIMBO: Gut. Huarte, bringen Sie die anderen.

Hausmeister steht auf, geht zu einem Chiffonnier und holt Akten heraus.

CUTRERA: Don Pedro hat mir ein wenig über euren Plan erzählt. Wo genau plant ihr, in eurem großen Schlösslein, unsere Familien zu versammeln?

DON LIMBO: Im großen Saal hinter dem Entrée.

CUTRERA: Dann passiert es dort?

DONNA GELTRUDE: *zu Don Limbo* Ich bin mir nicht sicher, ob wir Cutrera vertrauen können.

DON LIMBO: Lass das meine Sorge sein.

CUTRERA: Wenn Sie möchten, Donna Geltrude, gehe ich und halte meinen Mund, was diese Sache hier angeht, geschlossen.

DON LIMBO: Nein, wenn Sie schon hier sind, gibt es kein Zurück mehr.

Hausmeister legt Akten auf den Tisch.

DON LIMBO: Nun gut, legen wir mit den Clans los.

Alle rücken näher an den Tisch.

DON PEDRO: *öffnet eine Akte* Als erstes nehmen wir uns Melchiorre Esposito vor. Er führt die Ferraris an, eine unbedeutende, mickrige Gesellschaft mit Hauptquartier in

Sardinien. Sie bevorzugen Bilanzfälschungen und Bankraube – sind eher leise unterwegs.

TELLA: Ich habe ein perfektes Druckmittel, was Esposito angeht. Seine Tochter leidet an einer schweren Krankheit; Medikamente für ihre Genesung sind schwer zu bekommen.

DON LIMBO: Dann ist Clan Ferrari unser.

CUTRERA: Mir ist bewusst, dass wir die Mafia sind, aber so brutal ging ich bisher nie vor.

TELLA: Willkommen bei Rovere, Signore.

DON LIMBO: Als nächstes hätten wir Tedesco.

DONNA GELTRUDE: Taddeo Tedesco ist Oberhaupt des Clans Casagrande. Sie besitzen hohes Ansehen in Sizilien, Montecarlo und in der Schweiz.

DON LIMBO: Ihr Fachbereich liegt auf Erpressung, Korruption des Bankwesens und großflächigen Raubzügen – die eher exquisiten Jobs.

CUTRERA: Auf meinem Kopf liegen drei Kopfgelder von der Casagrande.

VEFFA: Was haben Sie angestellt?

CUTRERA: Ich habe mit Tedescos Ehefrau eine Nacht geteilt.

DON LIMBO: Mhm. Zurück zum Wesentlichen. Taddeo Tedesco ist ein dicker Geldsack, der sich schwer zu öffnen und schwer zu tragen lässt. Wir brauchen schwere Geschütze, wenn wir ihn auf unsere Seite ziehen wollen.

CUTRERA: Wenn es hilft, könnte ich einfach meinen Kopf im Gegenzug zu Tedescos Unterschrift anbieten.

DON PEDRO: Taddeo wird mehr verlangen.

DONNA GELTRUDE: Vielleicht lässt es sich mit ihm verhandeln.

DON LIMBO: Kommen wir später nochmal auf die Casagrande zurück. Noch schwieriger wird es nämlich, die Montanaris zu überzeugen.

DONNA GELTRUDE: Es würde auch reichen, sie zu überreden.

DON LIMBO: Selbst das ist kompliziert. Ihre Anführerin ist Salvatrice Maria Montanari, sie ist die Enkeltochter des Urvaters Villano Hettore Montanari, der den Clan gegründet hat. Die Montanaris sind geübte Assassinen, nur an Aufträgen interessiert, bei denen Blut vergossen wird.

DON PEDRO: Ich sage euch, diese Salvatrice ist eine Hure.

DON LIMBO: Montanari wird womöglich eine Leibgarde dabeihaben, also wird es nicht möglich sein, sie zu erpressen.

TELLA: Ich habe einen Freund aus Kindertagen hierher eingeladen, der uns eine große Hilfe sein könnte.

VEFFA: Ist es dieser Hector?

TELLA: Genau. Montanari hat keine Kinder, Hector ist ihr Neffe und damit einziger Nachfahre. Ich könnte ihn überzeugen, seine Tante zu überzeugen.

DON LIMBO: Und du hast sicher deine Mittel, wie du das anstellst?

TELLA: Natürlich.

DON PEDRO: Hoffen wir, dass es ausreicht.

DON LIMBO: Hoffen dürfen wir nicht – Versuchen und Machen werden uns nur helfen. Kommen wir zu den Familien.

DONNA GELTRUDE: Familie Corleone *sieht Cutrera an*

CUTRERA: Wie bereits gesagt, ich versichere euch die volle Unterstützung meiner Familie – finanziell und militärisch.

DON LIMBO: Die Mussolini Familie sollte uns immer noch unterstützen.

TELLA: Das tut sie. Der kleine Benito ist mein Patenkind.

CUTRERA: Das ist interessant.

DON LIMBO: Dann blieben nur noch die Moros. Veffa, hast du etwas herausgefunden?

VEFFA: Sie werden beide kommen, die Ehefrau und der Ehemann. Ihr Sohn, Geronimo, begleitet sie ebenfalls. Die Frau, Aghatella, ist der Kopf der Schlange und sie ist nicht einfach zu überzeugen.

DON PEDRO: Sollten wir es schaffen, diese Montanari zu uns zu ziehen, wird es uns auch bei den di Moros gelingen.

VEFFA: Es heißt, die Moros hätten Kontakte in den Reihen des Königs.

DON LIMBO: Der König macht uns keine Sorgen.

DON PEDRO: Vielmehr die Tatsache, dass beide Oberhäupter nicht getötet werden dürfen.

CUTRERA: Was? Ihr habt vor, jemanden zu töten? Ich dachte, diese Versammlung soll die Mafias vereinigen.

DON LIMBO: Das soll sie auch. Doch sollte etwas nicht so laufen, wie es geplant ist, dann haben wir auch weitere Möglichkeiten, um einen Ausweg zu finden.

CUTRERA: Und dieser Ausweg ist – so nehme ich an – nur den Roveres vorteilhaft?

TELLA: Und den Corleonesi, wenn Sie wirklich dabei sind, Signore Cutrera.

DONNA GELTRUDE: Wie steht es nun um die Casagrande und Tedesco?

DON LIMBO: Tella, Veffa, der Sohn von Tedesco wird an der Versammlung teilnehmen. Vielleicht könnt ihr euren Charme benutzen und ihn in die richtige Richtung versetzen, wäre das möglich?

TELLA: Veffa, könntest du das übernehmen? Ich habe schon Hector am Hals.

VEFFA: Mit größtem Vergnügen.

DON LIMBO: Sollte sich alles am Ende als erfolgreich feststellen, haben wir nicht nur alle Clans vereint, sondern die Macht der Familie Rovere... und Corleone, auf lange Dauer gesichert.

DON PEDRO: Und wieso komme ich zu der Annahme, dass du dich zum Mafiafürsten erhebst?

DON LIMBO: Das ist selbsterklärend: Ich habe schließlich diesen Plan entworfen und die Clans und Familien eingeladen.

DONNA GELTRUDE: Die Clans und Familien habe ich eingeladen.

TELLA UND VEFFA: Und wir haben dir mit dem Plan geholfen.

DON PEDRO: *geht zu Limbo und tätschelt ihm die Schulter* Wir werden noch sehen, wer sich als würdig erweist, Fürst der Mafiaunion zu werden.

DON LIMBO: Natürlich, natürlich.

CUTRERA: Wenn Sie beide antreten, könnte theoretisch auch Salvatore Cutrera antreten, nicht?

LIMBO, PEDRO, GELTRUDE, VEFFA UND TELLA: Nein.

CUTRERA: Schon gut. Aber – wenn ich mir das anmerken darf -, es fehlt doch noch ein Clan, habe ich nicht recht?

TELLA: Die Picciotteria.

CUTRERA: Genau.

DON PEDRO: Die Picciotteria hat unsere Einladung nicht angenommen – sie hat sie bespuckt und mit Füßen betreten.

DON LIMBO: Die künftige Union wird ihre Streitmacht versammeln und diesen abtrünnigen Clan ein für alle Mal liquidieren.

CUTRERA: Ach… ich verstehe.

DONNA GELTRUDE: Unser Plan ist bereit für seine Ausführung.

DON LIMBO: Unsere Gäste werden in Bälde eintreffen. Sorgen wir dafür, dass das Ambiente einladend und gemütlich wirkt – wir schließen schließlich Frieden, da sollte nichts nach Weltkrieg aussehen.

CUTRERA: A propos Weltkrieg. Wenn Don Limbo dieses Thema schon anspricht-

TELLA: Der Weltkrieg ist erstmal Nebensache, Signore Cutrera. Konzentrieren wir unser Augenmerk auf die Gegenwart.

CUTRERA: Natürlich, natürlich.

DON LIMBO: Tella, Veffa, könntet ihr in den Keller gehen und nachsehen, wie es mit dem Essen steht? Unsere Köche müssten die Öfen schon angestellt haben.

TELLA: Sicher.

DON LIMBO: Geltrude, siehe bitte nochmal im Arsenal nach, ob nichts fehlt.

DONNA GELTRUDE: Soll ich den Nachschub von draußen bringen?

DON LIMBO: Ich glaube, dass wir den nicht brauchen werden. Pedro, könntest du Don Salvatore in unseren Notfallplan einweisen? Nicht, dass er am Ende noch bluten wird.

CUTRERA: Aha…

DON PEDRO: Eine Waffe geben wir dir aber nicht, klar.

CUTRERA: Nun, ich kam auch nicht mit der Absicht hierher, jemanden zu erschießen.

DON LIMBO: Huarte, könnten Sie mit der Seilbahn ins Tal hinunterfahren und dort unsere Gäste begleiten?

HAUSMEISTER: Natürlich.

DON LIMBO: Gut, wir haben alle eine Aufgabe, also los! Zeit darf nicht vergeudet werden.

Zweite Szene

Schauplatz: Treppenhaus im Südflügel. Tella und Veffa
gehen die Treppen hinunter.

VEFFA: Mir gefällt nicht, dass Onkel Pedro diesen Cutrera in
unser Vorhaben miteinbezogen hat.

TELLA: Ich stimme dir zu, aber er wird sicher etwas geplant
haben damit.

VEFFA: Wenn Corleone tatsächlich auf unserer Seite stehen
sollte, haben wir ein starkes Bündnis an unserer Seite.

TELLA: Und die Picciotteria wird dieses große Bündnis
gegen sich haben.

VEFFA: Sollte unsere Unternehmung erfolgreich sein.

TELLA: Onkel Limbo hat bei der Planung jede mögliche
Komplikation in Betracht gezogen – und wenn er auf etwas
fokussiert ist, erreicht er sein Ziel.

VEFFA: In dieser Gelegenheit bedarf es aber mehr als Limbos
Kalkül und Gewieftheit. *Sieht sich Gemälde der Tafelrunde beim
Vorbeigehen an* Die Führung der Mafias in Italien war immer
ein kontroverses Thema und sein Diskurs endete
gewohnheitsgemäß in blindem Blutvergießen und
kontinuierlicher Feindschaft zwischen den Clans und
Familien.

TELLA: Diesmal wird die Gewohnheit keine Macht über die Ereignisse haben.

VEFFA: Die anderen Clans und Familien haben sicher gutdurchdachte Pläne. Sie werden ihre Ansprüche zutage bringen und sich gezielt auf ein ihnen vorteilhaftes Ende bewegen. Und genau diese egozentrische Weitsicht der Clans hat dem Clanfriedens die Axt in den Stamm gerammt.

TELLA: Es ist erstaunlich, wie lange die Mafia überleben konnte, führungslos, in Zeiten von Kriegen und weltlicher Korruption.

VEFFA: Onkel Pedro würde sagen, dass die Unterwelt

VEFFA UND TELLA: immer einen Weg hinausfindet.

Beide lachen.

TELLA: Sei mal ehrlich, Veffa. Wen würdest du auf dem Thron des Mafiafürsten sehen?

VEFFA: *versinkt in Gedanken*

TELLA: Onkel Limbo? Onkel Pedro? Beide hätten dadurch nur die Möglichkeit, die Union nach ihren Weltanschauungen umzuformen, und täten alles, damit unser Familienclan über Jahrhunderte eine mächtige Stellung innehat.

VEFFA: Das wäre nicht schlecht. Aber im Sinne der Mafias…

TELLA: Genau das meine ich. Wenn wir wirklich beabsichtigen, ein großes und starkes Mafiabündnis aufzubauen, muss jedem die Hand gereicht werden und jeder muss einen Stein auf die Mauer setzen.

VEFFA: Und wer könnte dann das Bündnis leiten? Geltrude?

Beide lachen.

TELLA: Auch von den anderen Clans kann es niemand sein.

VEFFA: Paula vielleicht.

Beide lachen.

TELLA: Wie wärs mit uns?

VEFFA: Du und ich?

TELLA: Ich und du. Genau.

VEFFA: Ich weiß nicht…

TELLA: Wieso nicht? Donatella und Genoveffa della Rovere – Mafiafürstinnen Italiens.

VEFFA: Hört sich nicht schlecht an.

Lanna kommt ihnen entgegen.

LANNA: Hallo, Schwestern! Was hört sich nicht schlecht an?

TELLA: Hallo, Paulinchen.

VEFFA: Wir haben nur fantasiert.

LANNA: Wohin geht ihr?

TELLA: Onkel Limbo bat uns, nach dem Essen zu schauen.

LANNA: Essen! Gut, ja. Essen ist gut. Ich komme mit. Ihr werdet sicher Hilfe brauchen – und ein wenig hungrig bin ich auch.

TELLA: Wir haben gerade nur über die Zukunft der Mafias gesprochen. Wie sieht es mit den Gärten aus?

LANNA: Gut, sehr gut. Nein, sehr gut! Ich habe nochmal die schönen Rosen am Pavillon gegossen, sie sahen so traurig aus, weil sie kein Wasser hatten. Und die Grünblatthecken, die Huarte nicht mag, habe ich geschnitten. Sehen besser aus so.

TELLA: Toll.

VEFFA: Sehr gut.

LANNA: Die Georginen blühen dieses Jahr prächtig. Ich habe sie noch nie so strahlen sehen.

VEFFA: Du pflegst sie ja auch.

LANNA: Das brauchen sie aber. Ja. Das brauchen sie. Pflege, Freude und Liebe – dann blühen sie gut!

TELLA: Wisst ihr eigentlich, ob das Appartement auf dem Dachgeschoss an einen der Gäste vergeben wird?

VEFFA: Wird Signora Montanari nicht dort logieren?

LANNA: Und ihre beiden Begleitpersonen, Busco und Cusco.

TELLA: Du kennst ihre Leibwächter?

LANNA: Aber ja doch, ihr etwa nicht?

TELLA: Nein.

LANNA: Sie waren mal auf so einem Treffen.

VEFFA: Ah…

TELLA: Wie dem auch sei, auf zur Küche. Das Essen sieht sich nicht selbst nach.

Dritte Szene

Schauplatz: Büro des Mafiafürsten. Don Limbo sitzt im Sessel, Donna Geltrude steht vor dem Tisch und blättert in einer Akte herum.

DONNA GELTRUDE: Bist du dir sicher, dass es sich nicht einfach um einen Fehler handelt?

DON LIMBO: Ein Fehler? Wieso bist du bei Cutrera so misstrauisch und hier behauptest du, ich zweifle an einem Fehler.

DONNA GELTRUDE: Nun-

DON LIMBO: Wir müssen ihn oder sie im Auge behalten. Huarte sollten wir noch Bescheid geben; falls es eskalieren sollte, soll er ihn oder sie aus dem Feld räumen.

DONNA GELTRUDE: Und die Familie?

DON LIMBO: Die Familie braucht vorerst nicht wissen, was sich in den Schatten des Schlosses herumtreibt. Vielleicht ist es – wie du gesagt hast – doch nur ein Irrtum und ich zerbreche mir nur den Kopf.

DONNA GELTRUDE: Wie du möchtest. Ich gehe dann und sehe nach den Waffen.

DON LIMBO: Warte, bevor ich es vergesse. *Holt einen dicken Umschlag aus einer Schublade und gibt diesen Geltrude*

DONNA GELTRUDE: Ist das unsere Besoldung?

DON LIMBO: Das ist deine Besoldung. Meinen Anteil habe ich bereits bekommen.

DONNA GELTRUDE: Das ist weniger als abgemacht.

DON LIMBO: Die andere Hälfte bekommen wir, wenn alles erledigt ist.

DONNA GELTRUDE: Haben das deine Verwandten gesagt?

DON LIMBO: Sie sind vertrauenswürdig, Geltrude.

DONNA GELTRUDE: Ich hoffe, du hast recht – ich hoffe das für dich, nicht für mich. Denn was du am meisten verabscheust auf dieser Welt ist Verrat, aber die Unterwelt, die du zu regieren beabsichtigst, wird nun mal von Verrat beherrscht.

DON LIMBO: Verrat und Geschäft sind zwei verschiedene Sachen, die ein Mafioso zu unterscheiden imstande sein muss.

DONNA GELTRUDE: Natürlich. Wir werden sehen, wie sich Verrat und Geschäfte noch gegenseitig die Klinge an den Hals halten werden.

Es klopft an der Tür.

DON LIMBO: Eintreten.

Ein livrierter Diener betritt das Büro.

DIENER: Sie haben mich gerufen, Don Limbo.

DON LIMBO: Holen Sie mir Huarte. Er soll später mit der Seilbahn hinunterfahren.

DIENER: Sehr wohl.

Diener ab.

DONNA GELTRUDE: Wenn ich fragen darf, Limbo, was passiert, wenn Don Taddeo und du euch trefft? Das letzte Mal, als ihr euch saht, hast du seine Tochter ins Grab befördert.

DON LIMBO: Ich sagte bereits, dass Verrat und Geschäft verschieden sind.

DONNA GELTRUDE: Ich hoffe, er wird dich nicht umbringen wollen.

DON LIMBO: Der Hohe Kodex verbietet es allen, in diesem Refugium andere Mafiaclans und Familien anzugreifen.

DONNA GELTRUDE: Was hindert ihn daran? Schließlich verstößt unser Notfallplan gegen jeden Kodex, den die Räte je aufgestellt haben.

DON LIMBO: Taddeo legt hohen Wert auf Ehre und Loyalität – er wird sich schwertun, gegen den Hohen Kodex vorzugehen.

DONNA GELTRUDE: *sieht noch einmal in den Umschlag* Dann gehe ich.

Donna Geltrude ab.

Don Limbo steht von seinem Sessel auf und geht ans Fenster.

DON LIMBO: Das Spiel beginnt.

Vierte Szene

Schauplatz: Treppenhaus im Südflügel. Don Pedro und Salvatore Cutrera gehen die Treppen hinunter.

CUTRERA: Also, Pedro, erzähl schon. Du hast doch sicher einen Hinterzimmerplan.

DON PEDRO: *schalkhaft* Hinterzimmerplan?

CUTRERA: Der gerissene Don Pedro wird sich doch niemals einem unbeholfenen Don Limbo beugen. Ich kenne euch beide doch.

DON PEDRO: Ach, Salvatore, du solltest eine Sache wissen: Mein Bruder ist nicht der einzige Protagonist, der die Fäden zieht. Sollte auch ich ein paar Fäden in Händen halten, brauchst du vorerst nicht zu wissen. Aber ich lasse dich wissen, dass unser Akkord sich auszahlen wird – für mich wie auch für dich.

CUTRERA: *grinst* Das weiß ich doch. Sonst wäre ich ja nicht hier. Gut, wie sieht es nun mit diesem »Notfallplan« aus? Wollt ihr im schlimmsten Fall Blut vergießen?

DON PEDRO: Mein gewiefter Bruder und Huarte haben diesen »Notfallplan« höchstselbst entworfen.

CUTRERA: Huarte, der Hausmeister?

DON PEDRO: Ein gewichtiger Mann in diesem Hause. Sollte der Hauptplan, also die Wiedervereinigung, nicht aufgehen, greifen wir auf Plan B zurück. Dabei müssen wir davon ausgehen, dass gegen den Hohen Kodex Anselms verstoßen wird, da auch wir gegen den Kodex verstoßen werden. Du hast es richtig formuliert, Salvatore, es wird Blut vergossen werden – und zwar das Blut des Feindes. Jeder von uns, dir eingeschlossen, hat eine Verbindungsperson, deren unmittelbare Tötung eingeleitet werden soll, tritt der Notfallplan in Kraft. Am Ende, sollte jede Verbindungsperson tot sein, treffen sich die restlichen Überlebenden in den Gemächern des Mafiafürsten, um die Union in Einheit zu proklamieren.

CUTRERA: *hebt leicht belustigt die Brauen* Ihr habt tatsächlich vor, alle umzulegen, wenn es schief geht.

DON PEDRO: So kann man es auch ausdrücken.

CUTRERA: Und wer sind die Verbindungspersonen?

DON PEDRO: Das kannst du dir sicherlich denken.

CUTRERA: Wenn Salvatore Cutrera aber ursprünglich nicht Teil des Notfallplans war, wie kann dieser dann von seiner Verbindungsperson wissen? Und wie soll Salvatore Cutrera jemanden ohne eine Waffe umlegen?

DON PEDRO: *bleibt stehen*

CUTRERA: *bleibt auch stehen und sieht Pedro direkt in die Augen*

DON PEDRO: Du wirst schon wissen, wie man jemanden ohne Waffe umlegt. Wen du töten wirst, erfährst du, wenn die Zeit reif ist.

CUTRERA: Und wann ist sie reif, die Zeit?

DON PEDRO: Das wirst du früh genug erkennen.

Fünfte Szene

Tella, Veffa, Lanna und Hausdame im Entrée; die Türen nach draußen stehen offen.

HAUSDAME: *blättert in einem Notizheft herum* Alle Vorbereitungen sind getroffen, meine Fräulein.

TELLA: Gut, dann fehlen nur noch unsere Gäste.

HAUSDAME: Der Meister des Hauses empfängt sie gerade.

TELLA: *nickt*

VEFFA: Was ist denn nun konkret geplant für die kommenden Tage?

TELLA: Die Wiedervereinigung soll binnen drei Tage vonstattengehen. Morgen werden wir uns an der Tafelrunde beraten und jedes kleine Sandkorn besprechen.

LANNA: *verdutzt* Welche Sandkörner?

TELLA: Am darauffolgenden Tag, übermorgen, wird jeder Capo seine Signatur geben und die Wiedervereinigung besiegelt sein. Für heute sind lediglich ein gemeinsames Abendessen geplant. Für morgen Abend eine – so hat es Onkel Limbo genannt – amüsante kleine Veranstaltung.

VEFFA: Ich nehme mal an, es ist wieder ein Opernball im österreichischen Stil.

TELLA: Unser geschätzter Walzerkönig ist unglücklicherweise vor wenigen Monaten verstorben. Seis drum, alles nur Zeitverschwendung, wenn ihr mich fragt.

VEFFA: Ja?

TELLA: Diese Sache könnte man sehr schnell an einem Tag beenden. Aber unser Onkel muss es ja ganz feierlich und traditionell angehen. Im schlimmsten Fall geschehen in diesen drei Tagen all die Dinge, die uns zum Notfallplan führen.

VEFFA: Ich muss zugeben, alles führt auf seine Weise zum Notfallplan.

TELLA: Die »große Sache« muss auch immer ein Blutbad mit sich ziehen.

HAUSDAME: *lugt an den Türen vorbei nach draußen* Seht, die Seilbahn ist angekommen. Wer wohl die ersten Gäste sind, die auf Anselm Fuß fassen werden?

VEFFA: *stupst Tella an* Und? Bist du gespannt auf dein Wiedersehen mit Hector? *Grinst*

TELLA: *ironisch* Das Blut in meinen Adern kocht vor Sehnsucht.

Tella und Veffa lachen.

LANNA: Ach, es sind die Mussolinis. *An Tella* Da ist auch dein Patenkind, der kleine Benito. Wie alt ist er, zehn?

TELLA: Inzwischen über 18.

HAUSDAME: Und der Herr vom Ferrari-Clan.

VEFFA: Melchiorre Esposito. Und *grinst Tella vergnügt an* der geliebte Hector.

Sechste Szene

Augusta und Benito Mussolini, Melchiorre Esposito und Hector von Döber treten ins Entrée ein.

HAUSDAME: Guten Tag, die Damen und Herren. *Verbeugt sich leicht*

Die, die eingetreten sind, grüßen.

TELLA: Grüß dich, Augusta. *Tella und Augusta umarmen sich* Wie lange ist es her?

AUGUSTA: *mit pathetischen Handbewegungen* Viel zu lange, Teuerste, viel zu lange. Es war höchste Zeit, hierher zu kommen. Daheim, bei meinem Bruder, wird nur noch über den Sozialismus gesprochen – unerträglich, Teuerste, das sage ich dir, unerträglich! *Überreicht der Hausdame ihr Ridicül, schlendert zum großen Spiegel und betrachtet ihre hochtoupierte Frisur*

TELLA: *zu Benito* Du bist aber erwachsen geworden. Wir haben uns auch eine lange Zeit nicht mehr gesehen.

BENITO: *etwas frech* Wir sind alle beschäftigt.

AUGUSTA: *grinst sich im Spiegel an* Was habe ich dir in der Seilbahn gesagt, Benito? Höflichkeit, Gepflogenheit, Erhabenheit. *Zu Tella* Er hält sich auch für einen Duce. *Lacht theatralisch*

ESPOSITO: *drängt sich zwischen dem Getümmel durch*

Entschuldigt, im Express gab es kein Wasserklosett. Wenn ich das Hiesige benützen dürfte?

LANNA: Vorne rechts die Treppen hinunter.

Esposito ab.

HECTOR: *steht recht unbeholfen da*

TELLA: Hallo, Hector.

HECTOR: *errötet leicht* Hallo, Donatella.

TELLA: Es ist schön, dass du gekommen bist.

HECTOR: *tritt Tella nun etwas entschlossener näher* Ein Treffen mit dir würde ich auch nicht in entferntesten Träumen zu versäumen gedenken. *Ergreift Tellas Hand und führt sie an seinen Mund*

TELLA: Vielleicht könnten wir uns woanders unterhalten, wo wir ungestört sind?

HECTOR: Mit dem größten Vergnügen.

TELLA: *an Veffa* Übernimm hier für mich die Führung.

Veffa nickt. Tella und Hector von Döber verschwinden.

LANNA: *etwas kindisch* Und ich kann die Führung nicht übernehmen?

AUGUSTA: *lässt ihren Blick vom Spiegel nun ab* Und wo ist der vermeintliche Herr des Hauses, Don Limbo?

VEFFA: Er erwartet alle im Ballsaal.

AUGUSTA: *zu Benito* Komm, Junge, wir bewegen uns schon mal dorthin.

Augusta und Benito Mussolini ab.

HAUSDAME: Die Seilbahn ist erneut angekommen.

Siebente Szene

Schauplatz: Seilbahnanlegestelle. Huarte, Taddeo, Julia und Ignazio Tedesco steigen aus der Seilbahn aus.

DON TADDEO: Danke, Huarte, für die persönliche Eskorte. *An seine Familie* Vorerst, überlasst mir das Reden. Wir wissen nicht, mit was wir rechnen müssen. Limbo wird seine ganz eigenen Pläne verfolgen genau wie Pedro. Unsere Souveränität darf zwischen ihnen nicht untergraben werden. Das gilt auch für dich, Julia, und deine riskante Verbindung mit der Montanarichefin.

JULIA TEDESCO: Was hat das mit ihr zu tun?

DON TADDEO: Diese Giftschlange wird auch hier sein. Ich warne dich, Julia, hisse gemeinsames Banner mit ihr, hier in Anselm und im Angesicht bevorstehender Ereignisse, und du wirst Buße tun.

JULIA TEDESCO: Du übertreibst. Wie bei der Mehrheit aller Ehrenmänner, die hier versammelt sind, ist deine Einschätzung von Salvatrice von Vorurteilen und Abneigung getrübt.

DON TADDEO: Das reicht hier. Ich werde mich nicht wiederholen. *Zu seinem Sohn* Und was dich angeht, falle nicht auf die Tricks und Schemen der Rovereschwestern rein – sie mögen zwar beachtenswerte Augenöffner sein und

Jungfrauen noch dazu, sind aber gewieft und gerissen und kennen keine Skrupel.

IGNAZIO TEDESCO: *leicht abgehoben* Ich bin nicht hier, um zu heiraten, Vater.

Huarte steigt erneut in die Seilbahn und fährt hinunter.

DON TADDEO: Was die Wiedervereinigung betrifft: Sollte sich der Großteil zu unseren Ungunsten drehen, habe ich noch ein Ass im Ärmel.

JULIA TEDESCO: *hebt die Brauen* Ein Ass im Ärmel?

DON TADDEO: Ich habe eine Kontaktperson hier in Anselm, die maßgeblichen Einfluss auf das Geschehen bewirken kann. Limbo wird uns nicht so leicht hinters Licht führen können.

JULIA TEDESCO: Glaubst du, die Wiedervereinigung wird tatsächlich geschehen? Inmitten aller Zwietracht, die die Ehrenmänner sähen?

DON TADDEO: Einen Versuch ist es wert. Auch für unseren Clan übertrumpfen die Vorteile einer Wiedervereinigung.

Die Tedescos bewegen sich in Richtung des Parks vor dem Entrée.

JULIA TEDESCO: Wissen wir denn, welche anderen Clans den Sitzungen beiwohnen werden?

DON TADDEO: Wie bereits gesagt, Clan Montanari. Ebenso hörte ich, die Moros und Mussolinis würden kommen.

JULIA TEDESCO: Das sind bestimmt nicht alle. Es müssen Vertreter jedes großen Bündnisses anwesend sein.

DON TADDEO: Das sagst du mir, als wüsste ich es nicht.

IGNAZIO TEDESCO: Was meinst du mit großen Bündnissen?

DON TADDEO: *etwas empört* Hast du mal wieder nichts gelernt? Soll man dir Tag und Nacht Professoren vorbeischicken, damit sie dir das ABC beibringen?

IGNAZIO TEDESCO: Vater.

JULIA TEDESCO: Geh nicht zu hart mit ihm ins Gericht, Taddeo – er ist doch noch ein Kind.

DON TADDEO: Er ist mein Kind und noch dazu der Erbe all dessen, was ich viele Jahre in der Casagrande errichtet habe.

JULIA TEDESCO: Du bist größenwahnsinnig. *An ihren Sohn* Achte nicht auf ihn, Ignazio. Große Bündnisse sind Vereinigungen von kleinen Familien, die gemeinsame Interessen teilen. Meistens sind diese Familien geographisch nah beisammen. Es ist eine Art informelle Familie aus Familien.

DON TADDEO: Solltest du es noch nicht verstanden haben, auch unsere Familie bildet mit Vittoci und Larosa ein großes Bündnis, die Casagrande.

IGNAZIO TEDESCO: Es gibt doch viele solcher Bündnisse –
sind sie alle hier?

DON TADDEO: Natürlich nicht, Anselm ist nicht das
Kolosseum.

JULIA TEDESCO: Nur die Vertreter der größten und
mächtigsten Clans sind zur Wiedervereinigung eingeladen.

DON TADDEO: *etwas erzürnt* Ich kann den Gestank Salvatore
Cutreras schon jetzt mit meiner Nase vernehmen.

Achte Szene

Schauplatz: Abendterrasse. Tella und Hector von Döber stolzieren Hand in Hand zum Geländer, von wo aus sie den Ausblick genießen.

HECTOR: *nimmt Tella in seine Arme* Mit dir umschlungen die seichte Luft der Berge zu atmen – das ist, wonach ich mich gesehnt habe.

TELLA: Ich habe dich vermisst, Hector.

HECTOR: Jetzt sind wir hier und zusammen.

TELLA: Aber nicht mehr lange.

HECTOR: Wir können uns immer wieder treffen – es ist keine Frage der Zeit.

TELLA: Ich wünschte, es wäre so. Aber Dinge sind am Laufen, die nicht aufzuhalten sind, Dinge, die verändern. Etwas geht um in diesem Augenblick – eine Schlinge, die sich fester um unser aller Hälse bindet.

HECTOR: Du redest geheimnisvoll.

TELLA: Genau das ist es: geheimnisvoll.

HECTOR: Und wie ich weiß, bist du kein Freund von Geheimnissen.

TELLA: So ist es. Und leider ist auch dieses Treffen aller Mafiosi hier in Anselm ein großes Geheimnis – bald wird es sich aber entwickeln.

HECTOR: Ob es sich entwickelt oder nicht – lass uns die Zeit, die uns gegeben, genießen und uns vergnügen. Wenigstens ein kleines Stückchen.

TELLA: Nichts würde mich daran hindern, mit dir zusammen zu sein.

HECTOR: Dann lasse deine Sorgen ruhen. *Hält sie nun fester in den Armen*

TELLA: *leicht beschwingt* Hast du mich denn vermisst?

HECTOR: Ich habe jeden Tag an dich gedacht, wie auch meine Gedanken in jeder Nacht dir gewidmet waren. Und gab es regnerische Tage bei mir zu Hause, hoffte ich innig, bei dir würde es Sonnenschein geben. An dich zu denken, gibt mir den Mut, immer weiterzugehen und niemals stehen zu bleiben – so lange, bis ich dich in meinen Armen halten darf.

TELLA: Was du nun auch tust.

HECTOR: Wofür ich allen dankbar bin, die dafür gesorgt haben.

TELLA: Da musst du dich bei meinem Onkel bedanken.

HECTOR: Das werde ich.

TELLA: Bist du in deinem Studium vorangekommen?

HECTOR: Das bin ich. Nur noch ein paar Jahre und ich arriviere zum Assessor. Dann können wir unsere Pläne gemeinsam verfolgen.

TELLA: Ja…

HECTOR: Hast du etwas?

TELLA: Nein. Nur, so vieles geschieht. Ich habe das Gefühl, nicht wirklich mitzukommen.

HECTOR: Die Zeit verfliegt schnell und wir müssen sehen, dass sie uns nicht überholt – ich verstehe dich, ich verstehe dich sehr gut, Donatella.

TELLA: *dreht sich ihm zu* Vielleicht können wir uns beide in der Zeit verlieren… zusammen.

HECTOR: Gemeinsam stehen bleiben, während sich alles bewegt – ja, immer. Sag nur wann, mein Herzblatt, sag nur wann.

Schritte ertönen. Donna Geltrude erscheint auf der Plattform.

DONNA GELTRUDE: Ich störe nur ungern, aber die Tedescos und Montanaris sind eingetroffen. Tella, es wird Zeit.

TELLA: *mit Unlust* Ich komme, Geltrude. *Zu Hector* Du darfst schon einmal in den Ballsaal gehen; mein Onkel wird dort den Empfang machen.

HECTOR: Gut.

DONNA GELTRUDE: Komm, Tella, schnell. Vergiss nicht, auf wen du achten sollst.

TELLA: Natürlich.

Neunte Szene

Schauplatz: Park vor dem Entrée. Salvatrice Montanari, Busco und Cusco, Aghatella, Victor und Geronimo di Moro bewegen sich durch den Park in Richtung Entrée.

AGHATELLA DI MORO: *mit Degout* Scheußlich, dass ich diese marode Sintflutburg noch einmal zu Gesicht bekommen muss. Dieser Ort birgt zu viele Geheimnisse und unschöne Erinnerungen.

VICTOR DI MORO: Mögen wir hoffen, das Treffen wird alles zum Schöneren bekehren.

MONTANARI: Nicht zu voreilig, di Moro. Hoffnung ist das, was wir uns nie leisten dürfen – sie verweichlicht und lenkt von der Realität ab. Ich habe euch gesagt, dass diese Wiedervereinigung, die von der Rovere-Familie angestrebt wird, aus keinen guten Sprossen entsprungen ist, wie ihr es euch erhofft. Ihr dürft euch nie scheuen, von extremen Mitteln Gebrauch zu machen.

VICTOR DI MORO: Extreme Mittel wie Schusswaffen?

MONTANARI: Glaubst du vielleicht, jeder ist so ehrenhaft und trägt keine Waffen bei sich? Der Hohe Kodex mag hier gelten und der Hauswirt ist mehr als gewillt, diesen zu wahren; aber je weniger Köpfe am Leben, umso weniger Stimmen braucht man für die Wahl.

AGHATELLA DI MORO: Ein hochriskanter, aber schneller Weg, die Wiedervereinigung einzuleiten.

MONTANARI: Hochriskant, weshalb jeder vorerst Scheu davor haben wird. Stirbt ein Ehrenmann in diesem Hause durch die Hand eines anderen Ehrenmannes, fallen die restlichen wie Dominosteine.

VICTOR DI MORO: Donna Salvatrice, glauben Sie, es wird dazu kommen?

MONTANARI: Gewiss ist dies keine Frage der Bedingung. Das Einzige, das wir unternehmen sollten, ist abwarten und Vorsicht walten lassen – die Zeit wird alles dahin richten, wo es hingehört.

AGHATELLA DI MORO: Und unser Abkommen?

MONTANARI: Da sollte ich doch besser euch fragen, wie es mit unserem Abkommen steht. Habt ihr denn dafür gesorgt, dass der Vater der Rovereschwestern die Nachricht erhält?

AGHATELLA DI MORO: Aber natürlich. Geronimo hat das Telegramm persönlich verfasst.

VICTOR DI MORO: Und er wird sich an alle Bedingungen halten, stimmts, mein Sohn?

GERONIMO DI MORO: *verlegen* Ja, das werde ich.

MONTANARI: Dann ist deine Frage beantwortet, Aghatella.

An Geronimo Und führe deine Arbeit bitte sorgfältig aus, verstanden?

GERONIMO DI MORO: *nickt*

MONTANARI: Sprich es aus.

GERONIMO DI MORO: Ja, ich habe verstanden.

MONTANARI: Gut.

Gerede ertönt aus dem Entrée. Salvatrice Montanari hält die di Moros kurz auf.

MONTANARI: *an Aghatella* Mein Zimmer wird auf dem Dachgeschoss sein – das eure sehr wahrscheinlich im ersten Stock. Sollten sich Schwierigkeiten ergeben oder wollt ihr mir wichtige Kunde mitteilen, sprecht mit den beiden hier *zeigt neben sich auf Busco und Cusco*, sie werden mir alles ausrichten.

AGHATELLA DI MORO: Sehr gut.

MONTANARI: Und ich sage es ein allerletztes Mal: Ich dulde kein Versagen und keine Abwege – denn jeder Fehler, den einer von euch begeht, ist auch ein Fehler, der mir schadet.

AGHATELLA und VICTOR DI MORO: Sehr wohl.

Zehnte Szene

Schauplatz: Ballsaal. Familie Tedesco, Melchiorre Esposito, Augusta und Benito Mussolini, Veffa, Lanna und Hector von Döber stehen auf der Tanzfläche.

DON TADDEO: So sieht man sich wieder, Esposito. Du bist alt geworden, mein lauchiger Freund.

ESPOSITO: Es ist diese Kälte hier oben. Mich friert es schon unten in Villacidro – ich schwöre es dir, Taddeo, die Alpen werden mich noch umbringen.

DON TADDEO: Wenn Anselm von einer Schneelawine befallen wird, werden sie uns das alle.

Don Taddeo und Esposito lachen.

VEFFA: Hector, wo ist denn unsere liebe Schwester? Du hast sie doch entführt.

HECTOR: *wird leicht rot* Wir haben lediglich einige wenige Worte gewechselt. Donna Geltrude hat sie gerufen – der großen Sache wegen.

VEFFA: Ah, aber natürlich. Die große Sache.

LANNA: *etwas verblödet* Welche Sache denn?

VEFFA: Es ist ziemlich lange her, dass ihr euch gesehen habt, ist es nicht so?

HECTOR: So ist es.

VEFFA: Tella hat oft von dir geschwärmt.

HECTOR: *leicht schmunzelnd* Hat sie das? Das kann ich mir kaum vorstellen.

VEFFA: Du bist ein guter Bursche, Hector. Sieh zu, dass nichts schief geht.

HECTOR: Inwiefern, schief geht?

AUGUSTA: *theatralisch erstaunt* Aber nein, was ist das denn? *Trippelt tänzelnd zu einem Tisch* Ein Tischtuch aus Großschönauer Damast – so etwas erkenne ich sofort. *Betastet ekstatisch das Damasttischtuch*

VEFFA: Aha. *Wieder an Hector von Döber* Wie dem auch sei. Ich kenne solche Draufgänger wie dich sehr gut und hoffe, dass du meiner Schwester nie etwas antun wirst.

HECTOR: Sie beleidigen mich, Donna Genoveffa. Ich werde Ihnen beweisen, dass Sie mich falsch einschätzen.

VEFFA: Beweise es nicht mir, sondern meiner Schwester.

LANNA: Wieso denn mir?

VEFFA: Nicht du, Tella.

LANNA: Ah.

HECTOR: Sie werden sehen, ich bin nicht, wie Sie mich einschätzen.

Donna Geltrude, Tella und Salvatrice Montanari, gefolgt von Busco, Cusco und Familie di Moro, treten ein. Augusta beaugenscheinigt weiterhin das Damasttischtuch.

DON TADDEO: *flüsternd zu Esposito* Mit Salvatrice dürfte es amüsant werden.

ESPOSITO: *rollt die Augen*

DONNA GELTRUDE: Ich grüße alle, die hier anwesend sind. Mein Gatte, Limbo, wird sogleich erscheinen und Sie alle empfangen.

MONTANARI: *sehr sarkastisch* Das ist ja herzallerliebst, dass wir hier so königlich empfangen werden von Don Limbo.

AUGUSTA: *höchst theatralisch* Jesus. *Trippelt mit offenen Armen Salvatrice und Aghatella entgegen* Jeesus! Meine Damen, meine Damen – o wie schön ist es, dass wir uns sehen. *Umarmt Salvatrice und Aghatella mit breiten Armen Salvatrice Montanari und Aghatella di Moro wechseln einen kurzen, allessagenden Blick.*

AUGUSTA: O wie schön! Jetzt haben wir genug Zeit, um zu plaudern, ist es nicht so? Ist es nicht so?

VEFFA: Wo bleibt denn der Onkel so lange?

DONNA GELTRUDE: *nickend* Er kommt.

MONTANARI: *entreißt sich den Armen Augusta Mussolinis* Also, Geltrude, wo in diesem abgelebten Etablissement findet man den Secco?

DONNA GELTRUDE: Ich rufe die Bediensteten.

MONTANARI: Mache das.

Donna Geltrude ab.

MONTANARI: *bemerkt Taddeo Tedesco und Melchiorre Esposito* Bei eurem Anblick sollte ich lachen – aber ich tue es nicht.

TELLA: *zu Veffa und Lanna* Wo bleibt denn Onkel Limbo? Es entspricht nicht seinem Charakter, Gäste warten zu lassen.

VEFFA: Tantchen hat doch gesagt, er komme.

LANNA: Huarte war noch bei ihm, bevor er zur Anlegestelle der Seilbahn ging.

TELLA: Also ist er alleine in seinem Büro?

VEFFA: Onkel Pedro und dieser Cutrera sind noch nicht da. Vielleicht sind sie bei ihm.

JULIA TEDESCO: *zu Salvatrice Montanari* Hallo, Kameradin.

MONTANARI: Ach, Julia, dich hatte ich ja gar nicht gesehen. Aber was machst du hier?

JULIA TEDESCO: Ich begleite meinen Gatten, *verweist mit einer Augenbewegung auf Don Taddeo,* um ihm mit dem Geschäftlichen zu helfen.

MONTANARI: Freilich. Augusta hat recht, jetzt haben wir genug Zeit, um zu plaudern.

AUGUSTA: *nimmt Aghatella di Moro an der Hand und führt diese zu Montanari und Julia Tedesco* Ich schlage vor, dass wir vier uns nach diesem Empfang unverzüglich in die Damensäle zurückziehen.

MONTANARI: *leicht, aber nur leicht sarkastisch*

Selbstverfreilich.

DON TADDEO: *räuspert sich*

JULIA TEDESCO: *sieht zu ihrem Gatten herüber*

DON TADDEO: *verschärft seinen Blick und hebt die Brauen*

JULIA TEDESCO: *senkt ihren Blick*

Donna Geltrude, zwei Bedienstete mit Tabletts mit befüllten Sektgläsern, Don Pedro und Salvatore Cutrera erscheinen.

DONNA GELTRUDE: *an die Bediensteten* Bietet jedem ein Glas an.

DON TADDEO, ESPOSITO, MONTANARI, AUGUSTA, AGHATELLA und VICTOR DI MORO: Cutrera.

CUTRERA: Oha. Lauter Menschen, die mich hassen.

AUGUSTA: *tritt Cutrera näher und begutachtet ihn von oben bis unten* Dafür, dass die Hälfte aller hier Anwesenden ein Kopfgeld auf Sie ausgesetzt hat, haben Sie sich gut konserviert, mein Lieber.

CUTRERA: *scherzhaft locker* Bei Ihnen sind die Konserven wohl woanders hingegangen.

AUGUSTA: *tritt etwas verwirrt zurück*

DON TADDEO: Du hast Glück, Cutrera, dass in diesen vier Wänden der Hohe Kodex gilt.

DON LIMBO: *erscheint aus dem Nichts* Ganz genau – hier gilt der Hohe Kodex.

Alle widmen Don Limbo ihre Aufmerksamkeit, der auf das Podium getreten ist.

DON LIMBO: Meine sehr verehrten Ehrenfrauen und Ehrenmänner. Ich heiße Sie im Namen der Roverefamilie auf Schloss Anselm willkommen. Und ich bitte nun, mir Gehör zu schenken. Der Grund unserer Zusammenkunft ist ein simpler und ehrenvoller: die Wiedervereinigung der großen Familien Italiens. Wir alle wissen, was dies bedeutet und welch große Aufgabe uns allen bevorsteht. Denn viel zu lange gab es keine Ordnung mehr, über Generationen hinweg nicht. Viel zu lange zerspalteten sich die Familien zwischen Streit, Dissens und Größenwahn – obwohl wir gemeinsam schiere Größe hätten erreichen und unseren Machtbereich ausweiten können. Es liegt an uns, das zu tun, wozu unsere Vorfahren nicht imstande waren. Es liegt an uns, die Familien wiederzuvereinigen und den jahrelang anhaltenden Zwist zu beenden – ein für alle Mal. Diese große Aufgabe – diese große Sache – wird sicher nicht leicht sein und an dieser Stelle möchte ich noch einmal an den Hohen Kodex erinnern. Anselm ist ein Ort des Rückzugs, ein Ort der Genesung und Ruhe. Kein Blut wurde in diesen Hallen jemals vergossen und es wird sich auch diesmal nicht ändern. Dabei benötige ich die Unterstützung aller hier: Es geht nicht um unsere persönlichen Interessen und Machtbestrebungen; es geht um das Große und Ganze. Ich bitte Sie nun, meine Einladung zum gemeinsamen Dinieren anzunehmen und mir zum Speisesaal zu folgen. Bevor die Verhandlungen nach Sonnenaufgang starten, möchte ich Ihre aller Ankunft feiern. Lasst uns diesen Abend genießen. *Mit einladender Geste* Bitte, bitte.

Stille im Saal. Don Taddeo hustet kurz.

MONTANARI: Na dann gehen wir in den Speisesaal. *Bewegt sich fort, Busco, Cusco, Aghatella di Moro, Augusta und Julia Tedesco folgen*

ESPOSITO: *zu Don Taddeo* So verhungert bin ich nun auch nicht.

DON TADDEO: *brummt* Aber mit vollem Magen lässt es sich besser schlafen, nicht?

Don Taddeo und Esposito lachen und bewegen sich ebenfalls fort.

DONNA GELTRUDE: Tella, Veffa, Lanna, würdet ihr noch auf eine Sekunde bleiben?

TELLA: Sicher.

HECTOR: *zu Tella* Ich gehe schon mal voraus und sichere uns zwei Sitze.

TELLA: *grinsend* Ja, mach das.

Hector ab. Don Limbo hastet langsam daher.

DON LIMBO: Also, meine lieben Nichten…

Der Rest ab.

DON LIMBO: Vergesst nicht, was ihr tun müsst. Veffa, bist du bereit?

VEFFA: Selbstverständlich.

DON LIMBO: Tella?

TELLA: Ja klar.

DON LIMBO: Lanna?

LANNA: Warte mal…

DON LIMBO: Es fällt dir bestimmt wieder ein. *An alle Nichten* Gut, dann gehen wir – und geht sorgfältig, aber vorsichtig vor. Schließlich seid ihr mir wichtiger als das Geschäft.

VEFFA: *recht überrascht* Oh, sehr schön formuliert, Onkel Limbo, sehr schön formuliert.

Elfte Szene

Schauplatz: Speisesaal von Anselm. Der Geruch hochköstlicher Speise haucht im Saal. Die Gäste sitzen bereits zu Tische, Don Limbo, Donna Geltrude und Tella, Veffa und Lanna erscheinen und nehmen Platz. In einer Reihe sitzen, v. l. n. r., Esposito, Taddeo und Julia Tedesco, Aghatella di Moro, Montanari, Hector von Döber, Tella, Pedro, Salvatore Cutrera. Ihnen gegenüber, v. l. n. r., Ignazio Tedesco, Benito und Augusta Mussolini, Victor und Geronimo di Moro, Lanna, Massimo della Rovere, Veffa, Limbo und Geltrude. Bedienstete und Huarte erscheinen und bedienen die Gäste und Gastgeber – Huarte schenkt jedem Trunk ein. Es wird gegessen, getrunken und geredet.

TELLA: *zu Don Limbo* Das Essen ist wirklich vorzüglich. Wer hat gekocht?

DON LIMBO: Das weiß ich nicht, ihr wart doch in der Küche und habt nach dem Essen gesehen.

TELLA: Da waren viel zu viele Arbeiter.

DON PEDRO: Sie müssen sich viel Mühe gegeben haben. Ist aber verständlich, bei solch einem Evenement.

TELLA: Sie haben größten Dank verdient. Ich fühle mich beinahe königlich bei dieser Speise.

VEFFA: Es fehlt etwas Salz in diesem Auflauf, aber seis drum.

HECTOR: Ich muss Donatella beipflichten. So gut habe ich länger nicht gegessen.

DON LIMBO: Nun, ich hoffe, dass es jedem mundet. Schließlich möchten wir *wirft einen kurzen Blick auf Geltrude* ja unsere Gäste entsprechend behandeln und keinen schlechten Eindruck hinterlassen.

CUTRERA: Das hört sich an, als wäret ihr beiden die Herren des Hauses, die uns Postkarten zur Einladung verschickt haben.

MONTANARI: *beugt sich vor, sodass Cutrera sie sieht* Merkwürdigerweise pflichte ich ihm bei.

DON LIMBO: *leicht unbeholfen* Also, ich habe keineswegs die Absicht, mich irgendwie… überheblich zu zeigen.

DONNA GELTRUDE: Tatsache ist aber dennoch, dass wir alle tatsächlich eingeladen haben.

LANNA: Mit Postkarten…

DON LIMBO: Nun, ist auch nicht mehr so relevant. Was macht denn das Geschäft, Donna Salvatrice.

MONTANARI: *beugt sich wieder vor* Soll ich dir mein Logbuch zur Begutachtung geben, Limbo? Wer redet am Esstisch über Geschäfte?

MASSIMO DELLA ROVERE: Gewöhnlich sollte man während des Essens überhaupt nicht sprechen.

Während diese Tischhälfte in unangenehmer Stille den Hauptgang verspeist, wird an der anderen weiterhin geplaudert.

AUGUSTA: ... und da muss ich wirklich sagen: Auf so einen Einfall muss man erstmal kommen. Diese Sozialisten werde ich nie verstehen.

DON TADDEO: *lacht* Ich schicke Ihnen mal den Genossen Uljanow vorbei – ich sage Ihnen, aus dem Burschen wird noch was. *Schlürft Schampus in sich hinein*

AUGUSTA: *wedelt theatralisch mit der Salatgabel* Bitte, um Gottes Willen. Daheim habe ich bereits einen Genossen, und einer ist mehr als genug.

ESPOSITO: *an Benito* Na, Junge, wird aus dir auch mal ein Sozialist, wie es dein lieber Vater ist?

BENITO: *möchte etwas sagen*

AUGUSTA: *unterbricht* Hohohohihihi. Sie können ja scherzen, Melchiorre. Ich springe ja lieber von der Terrasse dieses Hauses, als dass Benito „Das Kapital" in die Hände nimmt.
Lacht

Don Taddeo und Esposito lachen mit.

VICTOR DI MORO: *scheint belustigt zu sein* Hört hört.

DON TADDEO: Aber Sie müssen wissen, dass wir Sie nicht suchen gehen werden, Donna Augusta. *Lacht noch lauter*

JULIA TEDESCO: Ihr redet doch alle so schwachsinnig.

DON TADDEO: *stupst seine Gattin mit dem Ellenbogen an* Verstehen Sie Spaß, Madame?

AUGUSTA: Ganz offensichtlich nicht. *Lacht mit*

JULIA TEDESCO: Ich möchte euch ja euren Spaß nicht vermiesen. Aber so lässig werde ich mich nicht benehmen. Unser Anliegen ist ein ernstes.

AGHATELLA DI MORO: Ich schließe mich dir an, Julia.

DON TADDEO: Am Esstisch darf man sich doch vergnügen, meine lieben Damen. Das gilt für uns alle. *Hebt sein Glas*

AUGUSTA: *an Julia und Aghatella* Don Taddeo hat völlig recht. Euer Verhalten ist nicht gesellschaftlich und damenhaft. *Führt mit der Salatgabel eine Gurkenscheibe an ihren Mund; die Gurkenscheibe fällt aus der Gabel und in ihr Dekolleté* Sehr erfrischend

VICTOR DI MORO: *grinst vergnügt*

AGHATELLA DI MORO: *schießt einen scharfen Seitenblick auf ihren Gatten*

ESPOSITO: *an Don Taddeo* Sag mal, du stehst doch noch mit diesen Bankiers in Verbindung, du weißt schon, die aus der Schweiz.

DON TADDEO: Brauchst du Geld?

ESPOSITO: *grinst* Nein. Aber ich habe da einige Schulden, an die ich mich beim Aufwachen ungerne erinnere. Verstehst du?

DON TADDEO: Doch doch. *Grinst* Ich werde mal mit den Leuten reden – ein bisschen Macht ausüben. *Lacht*

AUGUSTA: Ich hatte gar nicht gewusst, dass geschätzter Don Taddeo so *mit Betonung* einflussreich ist. *Lässt ihr Sektglas schwenken*

Salvatrice Montanari scheint der Konversation zuzuhören.

DON TADDEO: Spitzbart, Bauch und Brille – sind des Geldes Wille.

ESPOSITO: Und wer Geld hat, hat Freunde.

DON TADDEO: Wir verstehen uns, Esposito.

AGHATELLA DI MORO: Ist es nicht genau das? Einflussreiche Menschen, hier in Anselm versammelt?

DON TADDEO: Ich bezweifle, dass ein Salvatore Cutrera weder an Einfluss noch an Reichtum besitzt.

CUTRERA: *ruft von der anderen Tischhälfte* Das habe ich gehört.

Der Nachtisch wird von den Bediensteten hereingetragen.

AUGUSTA: Bitte sei es ein Soufflé.

Während der Nachtisch ausgelegt wird und sich diese Tischhälfte weiter in Geplauder und Schampus ergehen lässt, beginnen auch an der anderen wieder Gespräche unter Einzelpersonen.

HECTOR: Sollen wir uns nach dem Abendessen in die Gärten hinter dem Schloss zurückziehen?

TELLA: Die Terrasse wäre besser – von dort können wir uns den Sonnenuntergang ansehen. Von hier oben sehen sie besonders schön aus.

HECTOR: Du sprichst aus Erfahrung?

TELLA: Ja. Aber die Sonnenuntergänge, die ich mitansehen durfte, als wir in Anselm waren, sah ich alleine an.

HECTOR: Ich sehe, du hast mir noch viel zu erzählen.

TELLA: Wir beide haben das. Und ich werde dir die ganze Nacht lang zuhören, wenn es denn sein muss.

HECTOR: Nein, ich werde dir die ganze Nacht lang zu hören, weil du sehr viel interessanter bist als meine Person.

TELLA: Das ist nicht wahr.

HECTOR: Doch.

TELLA: Nein.

HECTOR: Doch.

TELLA: Nein, und dabei bleibt es.

Kurze Stille zwischen den beiden.

HECTOR: Doch.

Beide wechseln Blicke. Kurze Stille. Beide fangen an zu lachen.

CUTRERA: *an Don Limbo und Donna Geltrude* Der Stand der Dinge ist folgender: Pedro hier hat mir davon erzählt. *Räuspert sich* Sie beide wissen schon – die besorgniserregende Nachricht in der Zeitung. *Zwinkert Don Limbo zu*

DONNA GELTRUDE: *stößt Cutrera mit ihrem Fuß in sein Schienbein*

CUTRERA: *keucht* Ja, mich hat es hart getroffen, diese Nachricht.

DON LIMBO: Schön zu wissen, dass Ihnen mein Bruder davon erzählt hat.

CUTRERA: *nickt* Ich weiß nun auch, was ich zu tun habe.

DONNA GELTRUDE: *stößt ihm ein weiteres Mal ins Schienbein*

CUTRERA: *stöhnend* Der Nachtisch ist vorzüglich, Don Limbo.

VEFFA: Sag mal, Onkel Limbo, wo warst du denn so lange, als wir alle im Ballsaal auf dich warteten?

DON LIMBO: Nun, vorher hatte ich noch ein Gespräch mit Huarte, aber danach war ich allein und musste mir noch einige Dinge hier im Schloss ansehen.

DONNA GELTRUDE: War alles in Ordnung?

DON LIMBO: In Bester – Huarte und seine Kollegen halten Anselm wirklich gut in Schach.

VEFFA: Nichtsdestominder ist es unüblich von deiner Seite, unsere Gäste warten zu lassen.

DON LIMBO: Dann entschuldige ich mich dafür, aber das geschah nicht aus Absicht.

TELLA: Schon gut. Veffa, du übertreibst ein wenig. Wechseln wir das Thema. Mir ist zu Ohren gekommen, dass unser Familienclan seine Aktivitäten minimiert hat. Wieso ist es dazu gekommen?

DON LIMBO: Das darfst du deinen Vater fragen.

DON PEDRO: Bei der letzten Versammlung des Capo hat Banco diesen Kurswechsel ohne Begründung eingeleitet. Ich verstehe es selbst nicht so ganz, aber er schien eine plötzliche Erkenntnis zu haben, die ihn zu dieser Umkehr bewegte.

TELLA: Dadurch machen wir Verluste.

CUTRERA: Hatte Montanari nicht noch gesagt, am Esstisch sollte man Geschäfte nicht besprechen?

DONNA GELTRUDE: Angesichts der Öffentlichkeit, in der wir uns befinden, stimme ich ihm zu.

TELLA: Gut, dann wechseln wir eben zu einem anderen Thema.

Während die Roveres sich über ein unterhaltungswürdiges Thema unterhalten, stupst Salvatrice Montanari Hector von Döber an, der neben ihr sitzt.

MONTANARI: Wie geht es denn meinem Neffen?

HECTOR: Du kennst mich doch, Tante.

MONTANARI: Ich darf doch wohl fragen.

HECTOR: Natürlich. Wie du siehst, bin ich auch hier in Anselm.

MONTANARI: Und da winkt mir schon das erste Fragezeichen. Was hat dich denn nach hierher verschlagen? Doch nicht dieses Roveremädchen?

HECTOR: Doch, genau sie. Sie ist der einzige Grund, weshalb ich hier bin.

MONTANARI: Hättet ihr euch nicht an einem anderen Tag und Ort treffen können?

HECTOR: *sieht seine Tante verblüfft an* Das hast du nicht zu entscheiden. Und außerdem bin liegt meine Universität hoch oben im Deutschen Kaiserreich, während Donatella weit unten in Süditalien lebt.

MONTANARI: *schüttelt den Kopf* Nun gut. Wir werden noch sehen, welche Rolle Limbo dir gegeben hat.

HECTOR: Rolle? Dir geht es auch nur um Machenschaften. Das sollte mich nicht wundern, da du dich ganz offensichtlich nicht freust, deinen einzigen Neffen nach langen Jahren wiederzusehen.

MONTANARI: Aber nein, das sagst du zu Unrecht.

HECTOR: Bitte. Es bedarf keiner Erklärung. Widmen wir uns wieder dem Essen.

Das Essen neigt sich allmählich dem Ende zu, der Alkohol ist leergetrunken.

ESPOSITO: Komm schon, Taddeo, da geht doch noch mehr!

DON TADDEO: *schlürft den letzten Schluck Schampus in sich hinein* Das wars. Morgen früh werde ich so schwer sein wie Königin Viktorias übergewichtige Cousine fünften Grades und ohne jeglichen Elan, als hätte ich gearbeitet wie der Fünfsterne-Proletarier.

ESPOSITO: Da sind wir schon zwei.

Don Limbo tippt sein Glas mit einem Löffelchen an und erhebt sich vom Tisch.

DON LIMBO: Verehrte Ehrenfrauen und Ehrenmänner, als derjenige, der dieses Evenement und folgerichtig auch dieses Abendessen veranlasst hat, hoffe ich innig, es hat jedem gemundet und der morgige Tag wird reibungslos verlaufen. So denn niemand etwas hinzusetzen oder noch speisen möchte, erkläre ich das Essen für beendet und die Herrschaften eingeladen, sich in Gemächer oder Gesellschaftsräume zurückzuziehen. Ich danke und wünsche einen vornehmen Abend.

Der reinen Höflichkeit halber klatschen die Anwesenden, als hätte

es gerade eine äußerst spektakuläre Veranstaltung gegeben, und

erheben sich von ihren Plätzen, gen Ausgang stolzierend, satt und

ohne Durst.

AUGUSTA: *betastet beim Aufstehen den Tisch* Ich hatte gar

nicht bemerkt, dass dieses Tischtuch ebenfalls aus Damast ist.

Zwölfte Szene

Schauplatz: Ein Flur des Schlosses, der Speisesaal mit Ballsaal und Entrée verbindet und zum südlichen Treppenhaus übergeht. Während die Ehrenfrauen und Ehrenmänner nun getrennte Wege gehen, hält Don Pedro Taddeo Tedesco vor den Türen des Ballsaals auf.

DON TADDEO: He, was soll das?

DON PEDRO: Hör zu, Thaddäus. Jetzt magst du zwar nicht nüchtern sein, aber einem Dialog mit mir kannst du nicht entgehen.

DON TADDEO: Ich weiß… *hustet* ich weiß nicht, was du meinst. *Räuspert sich* Aber ich bin todmüde, Pedro, capisce?

Entfernt sich von Don Pedro mit wackeligen Schritten

DON PEDRO: Natürlich – tue jetzt, was du tun möchtest.

Don Taddeo ab. Salvatrice Montanari stupst Don Pedro von hinten an.

DON PEDRO: *dreht sich rasch um* Du liebe Güte, erschrecke mich doch nicht.

MONTANARI: Pedro.

DON PEDRO: Salvatrice?

MONTANARI: Du siehst alt aus.

DON PEDRO: Du bist auch nicht mehr jung.

MONTANARI: Spar dir deine Komplimente für deine Nichten auf. Wehe ihnen, wenn sie meinem Neffen nahekommen.

DON PEDRO: Mische dich nicht in ihr Privatleben ein, du Schlange. Wenn sie sich mögen, dann stelle dich nicht dazwischen oder du wirst es bereuen.

MONTANARI: Ich brauche deine Moralpredigten nicht, alter Mann. Ich sehe doch, dass diese hinterlistige Donatella ihre Hüfte um Hector geschwungen hat.

DON PEDRO: Ich werde gleich meine Hüfte um dich schwingen, willst du das, alte Dame, willst du das?

MONTANARI: Das liegt wohl in der Familie. Aber deine Hüfte muss sicher ersetzt werden, so gebrechlich, wie du läufst.

DON PEDRO: Wie gelingt es dir eigentlich, dass deine Brust immer so vergrößert wirkt?

MONTANARI: Wäre mein Gatte nicht tot, würde ich dich zum Mann nehmen, nur um ihn zu blamieren und dir dein Leben zur Hölle zu machen.

DON PEDRO: Aber immerhin würdest du mich zum Mann nehmen.

MONTANARI: … um dir dein Leben zur Hölle zu machen.

DON PEDRO: Ich liebe dich.

MONTANARI: Ich hasse dich.

DON PEDRO: Das tue ich auch.

MONTANARI: Du hasst dich selbst?

DON PEDRO: Ich hasse dich.

MONTANARI: Du bist doch genauso illuminiert wie
Tedesco.

DON PEDRO: Und du erst recht.

MONTANARI: Nein, mein Lieber, ich war distinguiert genug
und habe nur fünf Gläser getrunken.

DON PEDRO: Augusta ist distinguiert und kann ein Bidet
nicht von einer Toilette unterscheiden.

MONTANARI: *blickt verdutzt ins Nichts*

DON PEDRO: Also, Salvatrice, meine alten Augen haben
nicht länger vor, auf deiner angenehm gealterten Schönheit
zu weiden – deshalb gehe ich jetzt.

MONTANARI: Gehabe dich wohl.

DON PEDRO: Danke… glaube ich.

Don Pedro ab.

Dreizehnte Szene

Schauplatz: Büro des Mafiafürsten. Don Limbo steht vor dem Fenster, Donna Geltrude sitzt am Bureau.

DONNA GELTRUDE: Du bist dir wieder sicher, dass es sich nicht um einen Sicherheitsfehler handelt?

DON LIMBO: Sicherheitsfehler? Glaubst du mir immer noch nicht?

DONNA GELTRUDE: Zufälle können geschehen.

DON LIMBO: Nicht hier in Anselm und nicht im Angesicht der Wiedervereinigung.

DONNA GELTRUDE: Gut, dann werde ich dich unterstützen. Wenn deine Überprüfung tatsächlich stimmt, müssen wir Huarte davon in Kenntnis setzen.

DON LIMBO: Er ist bereits auf dem Weg hierher.

DONNA GELTRUDE: Gut.

DON LIMBO: Die Szene mit Cutrera vorhin wäre beinahe schiefgelaufen. Ich traue ihm immer noch nicht und ich weiß nicht, was mein Bruder mit ihm besprochen hat.

DONNA GELTRUDE: Besorgniserregender finde ich Tellas Fragerei. Was passiert, wenn sie es herausfindet.

DON LIMBO: Banco wird seinen Töchtern nichts erzählen, das kannst du mir glauben. Wir müssen Tella schlicht und ergreifend vormachen, der Kurswechsel wäre tatsächlich notwendig gewesen. Irgendein Grund wird uns sicher einfallen.

DONNA GELTRUDE: Ich hoffe sehr, dass sie nicht dahinterkommt – das hoffe ich für dich und deine Brüder.

DON LIMBO: Hoffe nur weiter. Ich weiß, was ich tue.

Es klopft and er Tür.

DON LIMBO: Herein.

Huarte betritt den Raum.

DONNA GELTRUDE: Huarte, gut, dass Sie da sind. Mein Gatte hat einen neuen Auftrag für Sie.

HUARTE: *horcht aufmerksam*

DON LIMBO: Nach unserem Gespräch und bevor die Familien hier eingetroffen sind, habe ich die Listen der Besatzung durchgesehen und sie mit der Anzahl belegter Betten und Räume verglichen. Es hat sich herausgestellt, dass ein zusätzlicher Raum benutzt wird, ohne dass es gelistet ist.

HUARTE: *runzelt die Stirn*

DONNA GELTRUDE: Wir haben einen Eindringling.

DON LIMBO: Und noch dazu wissen wir nicht, wo er sich gerade aufhält. Wir müssen umgehend alle Arbeiter und Bediensteten dieses Hauses zusammenrufen. Huarte, Sie kennen die Leute hier – helfen Sie uns, den Eindringling ausfindig zu machen.

HUARTE: *neigt seinen Kopf*

DON LIMBO: Gut. Wenn die Nacht hereinbricht, rufen Sie jeden in den Keller. Und achten Sie darauf, dass niemand von den Familien von diesem Vorfall mitbekommt.

Huarte ab.

DON LIMBO: Wir müssen ihn schnellstmöglich finden. Er darf keinen Schaden anrichten.

DONNA GELTRUDE: Sollen wir Pedro oder die Nichten hiervon unterrichten?

DON LIMBO: Auf keinen Fall – diese Bedrängnis ist nur unsere und bleibt unsere.

Vierzehnte Szene

Schauplatz: Abendterrasse bei Abenddämmerung. Tella lehnt sich am Geländer der Terrasse an und betrachtet die errötenden Weiten. Hector erscheint mit zwei Gläsern Roséwein.

HECTOR: Hätte ich Leinwand und Pinsel – ich würde ein Gemälde malen von dir und dem augenblicklichen Schein der Abenddämmerung.

TELLA: Charmant, Hector, sehr charmant. *Nimmt ein Glas entgegen*

HECTOR: Und wie fandest du das Abendessen?

TELLA: Etwas übertrieben in Anbetracht dessen, dass das keine gängige Adligenversammlung ist. Aber nichtsdestominder ein angenehmes Essen.

HECTOR: Ich verstehe deinen Punkt.

TELLA: Ich bin wirklich gespannt, wie die Verhandlungen morgen verlaufen werden. Entweder einigen sich die Familien großflächig – was ich sehr bezweifle –, oder die Verhandlungen müssen am nächsten Tag fortgesetzt werden.

HECTOR: Ach, wirklich? Ich dachte, der Zeitplan ist nicht veränderbar.

TELLA: Doch. Einigen sich die Familien nicht, wird so lange verhandelt, bis ein Konsens gefunden wird. Das kann mehrere Tage dauern.

HECTOR: Wie verliefen denn bisherige Versammlungen?

TELLA: Wie gemeint?

HECTOR: Wie war es denn früher?

TELLA: Bisher gab es nur ein Treffen hier in Anselm.

HECTOR: Ich verstehe nicht.

TELLA: Bisher hat man nur einmal versucht, die großen Familien und Clans Italiens zu vereinen. Nachdem unsere Urgroßväter hier in Anselm den Hohen Kodex ausgehandelt hatten, leiteten Goffredo della Rovere, Villano Hettore Montanari und Agata Cecilia de Concepción-Brehtal – meine Urgroßmutter – den Versuch ein, die Clans unter ein Banner zu bringen, um auf dem internationalen Schachbrett zu einer Größe heranzuwachsen. Der Versuch dieser friedlichen Wiedervereinigung schlug fehl, weil andere Clanführer sich über die Bedingungen stritten. Jeder hatte seine eigenen Interessen und war nicht gewillt, diese aufzugeben.

HECTOR: Außer della Rovere, Montanari und Brehtal.

TELLA: Ja und nein. Letztlich gingen auch diese Drei getrennte Wege. Goffredo della Rovere baute weiterhin den Status seiner Familie weiter aus, Villano Montanari gründete seinen eigenen Clan und Agata Brehtals Tochter heiratete später Goffredos Sohn, Michelangelo – der Vater von Onkel Limbo und Pedro und meinem Vater.

HECTOR: Und wie es der Zufall will, sind die beteiligten Akteure der jetzigen Versammlung wieder die della Roveres und die Montanaris.

TELLA: Und wieder hat jede Familie ihre eigenen Interessen.

HECTOR: Es besteht Hoffnung, dass die Ereignisse so verlaufen, wie sie verlaufen sollen.

TELLA: Ja, Hoffnung.

HECTOR: Wen siehst du auf dem Thron des Mafiafürsten?

TELLA: Ich möchte nicht lügen. Niemanden.

HECTOR: Aber du möchtest diese Wiedervereinigung?

TELLA: Es spielt keine Rolle, was ich möchte. Es geht um das Gemeinwohl der Familien – wer sie anführt, beurteile nicht ich.

HECTOR: Für mich spielt es eine Rolle, was du möchtest.

TELLA: *schmunzelt* Für dich spielt alles eine Rolle.

HECTOR: Nein, nur du.

TELLA: Weißt du, Hector, egal wie diese Versammlung endet, ich habe es genossen, in deiner Nähe gewesen zu sein.

HECTOR: Du bist immer noch in meiner Nähe. Und wir können uns noch näherkommen.

TELLA: *sieht Hector in die Augen* Wie nah denn?

HECTOR: So nah wie nur möglich.

TELLA: Ich fürchte, Herr von Döber, dafür müssen wir uns woanders zurückziehen, wenn Sie tatsächlich in meine Nähe rücken möchten.

HECTOR: Sagen Sie nur, Lady della Rovere, ich folge Ihnen überall hin.

TELLA: In meine Gemächer müssen wir uns zurückziehen.

HECTOR: Nach Ihnen, Mademoiselle.

Tella und Hector verlassen die Terrasse.

Ortswechsel: Zimmer 105, Donatella della Roveres Gemach.

HECTOR: Dein Zimmer ist sehr viel größer als das meine.

TELLA: Deshalb sind wir auch hier und nicht in deinem Zimmer.

HECTOR: Wird uns denn niemand hören?

TELLA: Hören? Vielleicht Lanna, sie ist nebenan. Aber sie wird denken, das sind die Nachtvögel und Eulen.

HECTOR: Sehr gut.

Während Tella und Hector in der Schlafstatt verschwinden und ergehen, wie Schokolade an einem heißen Sommertag erschmilzt, lauert die Nacht draußen vor Anselm und der Mond steht hoch und überschattet die Konturen des Schlosses mit einer seichten, zwielichtigen Nebeltracht.

Wenig geschieht in Anselm während der Nacht – und die Gipfel der Alpengebirge thronen schlafend in ihren Schneedecken bei sternenbedecktem Himmel. Doch plötzlich regte sich etwas an den Fenstern Anselms, die den trügerischen Schein des Mondes spiegelten. Ein Mantel von dunkler Farbe und festem Stoff glitt herab, am Fenster von Donatellas Gemach vorbei, die in ihrem Zusammensein mit Hector die Außenwelt nicht mehr wahrnahm, landete auf einem steinharten Weg zwischen Broderien und erstarrte in der Kälte zu Eise, dass selbst die kühlen Alpenwinde, die Anselms Gärten durchlüfteten, ihn nicht verwehten.

Zweiter Akt

Havarie

Als auch die Sonne am Horizont herausguckte und die spitzen Bergwipfel mit ihrem frühen Morgenlicht beschenkte, verschwand das seichte Nebelgewand Anselms und seines Heimbergs nicht. Beide waren umhüllt vom Schein, den die Nacht mit Vorspiegelung gebracht.

Erste Szene

Schauplatz: Herrensalon. Die frühe Morgensonne erhellt den Raum mit alter Frische. Ignazio Tedesco und Geronimo di Moro sitzen auf dem Sofa, Massimo della Rovere auf einem Sessel und Benito Mussolini stöbert in einem Bücherregal nach Werken von Georg Wilhelm Friedrich Hegel.

IGNAZIO TEDESCO: Ich finde ja diese Genoveffa sehr beachtenswert. Sie deucht mir so geduldig und kühl, aber zugleich damenhaft und distinguiert.

GERONIMO DI MORO: Genoveffa? Diese Beschreibung passt doch eher zu Donatella – und ihr Äußeres ist junonisch.

MASSIMO DELLA ROVERE: Sie sind beide anziehend, ohne wirklich schön zu sein.

IGNAZIO TEDESCO: He, du hast hier kein Mitspracherecht – du bist ihr Cousin.

MASSIMO DELLA ROVERE: *rollt die Augen*

GERONIMO DI MORO: Ich sage dir, Ignaz, Donatella werde ich haben.

IGNAZIO TEDESCO: Das ist mir tatsächlich gleich.

Hauptsache Genoveffa hat nur Augen für mich.

MASSIMO DELLA ROVERE: *etwas schlingelhaft* Was haltet ihr denn von Lanna?

IGNAZIO TEDESCO: *lacht auf*

GERONIMO DI MORO: Sie ist etwas naiv, nicht?

MASSIMO DELLA ROVERE: Nein, sie kümmert sich bloß nicht um Komplexitäten.

GERONIMO DI MORO: So kann man es auch nennen.

IGNAZIO TEDESCO: *lehnt sich weit zurück* Nach den Verhandlungen werde ich sie auf die Terrasse einladen und Wein bestellen.

GERONIMO DI MORO: *schalkhaft* Du kannst auch gleich um ihre Hand anhalten.

IGNAZIO TEDESCO: Sehr witzig, Nimo, wirklich witzig.

MASSIMO DELLA ROVERE: *an Benito* Und du, wem möchtest du den Hof machen?

BENITO: Während die Herrschaften hier sich patriarchische Siegesphantasien ausmalen und weiblichen Geschöpfen hinterherzujagen beabsichtigen, widme ich mich einer deutlich interessanteren und wichtigeren Sache, nämlich der Bildung und Lektüre.

MASSIMO DELLA ROVERE: Ich habe die seltsame Einsicht, dass Benito seine Ziele eher erreichen wird als ihr beiden.

IGNAZIO TEDESCO: Ach bitte, was bringt denn schon Bildung? Ich kann mächtig viel Geld verdienen, auch ohne jemals Marx oder Hegel gelesen zu haben.

BENITO: Bildung bezweckt keinen Reichtum – gleichwohl ist es seine Bedingung. Derjenige, der nichts zu unterscheiden weiß, wird am Ende verlieren – denn liegen ihm Kupfer, Messing und Gold vor, denkt er, alles wäre Gold. Derjenige, der gebildet ist, weiß, welchen Wert jedes besitzt, und wählt das echte Gold. Aber dein Tunnelblick und deine Gier nach Geld, Ignazio, zeigen mir bereits, dass dein Urteilsvermögen nicht gerade nuanciert ist.

MASSIMO DELLA ROVERE: *an Ignazio* In anderen Worten: Du bist nicht gerade sehr helle.

IGNAZIO TEDESCO: Was?

BENITO: Das wollte ich sogar gar nicht so ausdrücken. Mich langweilt lediglich dieser Diskurs mit euch über ein so vielschichtiges Thema und werde mich nicht darum bemühen, irgendjemandem etwas zu erläutern oder mich auf ein Niveau herabzusenken, um mit dir über Finanzen zu diskutieren, Ignazio.

IGNAZIO TEDESCO: Du spinnst. Verkrieche dich ruhig in deiner Literatur – niemand wird dich vermissen.

BENITO: *schmunzelt* Wenn der Trottel dem Weisen unterlegen ist, greift der Trottel zu Beleidigungen und wird offensiv. Sei dir bewusst, dass ein gebildeter Mensch dir immer überlegen sein wird. *Klappt ein Buch zu und macht einen unbefangenen Abgang.*

IGNAZIO TEDESCO: Dieser Mussolini ist umnachtet.

MASSIMO DELLA ROVERE: Er ist schlicht sehr politisch und spießig.

IGNAZIO TEDESCO: Ist es nicht dasselbe? Politisch und umnachtet?

MASSIMO DELLA ROVERE: *grinst und schüttelt belustigt den Kopf*

Salvatore Cutrera betritt den Herrensalon mit einer Tasse schwarzen Tee.

CUTRERA: Guten Morgen, die Herren. Wie ich sehe, ist das Jungblut schon sehr früh aktiv.

GERONIMO DI MORO: Wir hatten bloß Redebedarf.

MASSIMO DELLA ROVERE: Sie sind dieser Salvatore Cutrera, nicht?

CUTRERA: Höchstselbst.

MASSIMO DELLA ROVERE: Stimmt es, dass Sie niemand hier leiden kann?

CUTRERA: *schlürft Tee* Nun, das ist etwas übertrieben formuliert, junger Herr. Nicht alle sind meine besten Freunde – so würde ich es ausdrücken.

IGNAZIO TEDESCO: Sie hatten eine Affäre mit meiner Mutter?

CUTRERA: *verschluckt sich am Tee* Dann nehme ich an, Sie sind Tedesco Junior.

IGNAZIO TEDESCO: Annahmen werden Ihnen nicht weiterhelfen. Sie haben großes Leid in meine Familie gebracht. Mein Vater ist wegen Ihnen ein harter Mann geworden.

CUTRERA: Ich kann Ihnen versichern, Junior, dass Ihr Vater auch vor Ihrer Geburt und vor Julia Tedesco ein harter Mann war. Ich kenne ihn seit Kindertagen und schon da hat er den anderen Kindern im Waisenheim die Kekse gestohlen.

IGNAZIO TEDESCO: Was?

CUTRERA: Wie dem auch sei. Sie und auch Ihr Vater und Ihre Mutter sollten Vorsicht walten lassen in diesem Haus. Denn jeder Funke Sentimentalität oder jede Art von subjektiver Bewusstseinswahrnehmung geht mit Fehlern einher – und Fehler sollte man sich in Anselm nicht leisten.

MASSIMO DELLA ROVERE: Das hört sich nach einer Drohung an.

GERONIMO DI MORO: Auch Salvatrice Montanari hat dasselbe gesagt. Fehler führen zu Versagen.

CUTRERA: Da hat sie völlig recht. Und ich hatte mir schon gedacht, dass sie so denken würde. *An Geronimo* In Ihrer Anwesenheit hat sie nicht zufällig erzählt, was sie von all dem hier hält?

GERONIMO DI MORO: Ich würde es Ihnen nicht beichten, Cutrera.

CUTRERA: Jeder misstraut Salvatore Cutrera, obwohl allerhöchstderselbe nichts getan hat, das so ein Verhalten verdient.

Zweite Szene

Schauplatz: Ein Flur des Schlosses im ersten Stock, der die Gemächer des Südflügels mit dem Hauptgang verbindet. Die Hausdame trägt ein Tablett mit einer Tasse Kaffee und einem Glas Scotch in Richtung Zimmer 101, Don Pedros Gemach. Sie bleibt plötzlich abrupt stehen und verharrt einen Augenblick lang. Sie dreht sich um, bewegt sich langsamen Schrittes in Richtung eines Fensters, an dem sie gerade eben vorbeigelaufen ist. Vor dem Fenster bleibt sie stehen und blickt hinaus. Ihre Hände beginnen zu zittern, ihre Augen weiten sich. Sie lässt das Tablett fallen, die Tasse und das Glas zerspringen in Scherben, als sie auf dem Boden aufprallen.

HAUSDAME: Oh Gott… nein! Nein. Hilfe! Hilfe! Bitte, so helft doch! Hilfe!

Die Hausdame sieht grau vor Augen, taumelt, stützt sich an der Wand und kniet zu Boden. Die Tür zu Zimmer 101 wird geöffnet – Don Pedro eilt hinaus.

DON PEDRO: Donna Dorotea, was haben Sie?

HAUSDAME: *schluchzt auf* Oh Gott, Don Pedro, schauen Sie doch!

Don Pedro eilt zur Hausdame und hilft ihr auf.

HAUSDAME: Schauen Sie!

Don Pedro schaut aus dem Fenster.

HAUSDAME: Oh Gott… oh Gott… *sieht Don Pedro*

erwartungsvoll an

DON PEDRO: *schluckt vor Nervosität* Es hat bereits begonnen.

Dritte Szene

Schauplatz: Zimmer 105, Donatellas Gemach. Donatella sitzt vor einem Spiegel und lässt sich die Frisur von ihrer Kammerzofe richten.

KAMMERZOFE: Ist das so in Ordnung, Donna Tella?

TELLA: Ja, danke.

KAMMERZOFE: *kämmt weiter*

TELLA: Darf ich Sie um einen Rat bitten?

KAMMERZOFE: Mich? Aber was weiß ich schon, das Sie nicht wissen, Donna Tella?

TELLA: Ich bin nicht allwissend. Und ich denke, Sie könnten mir eine große Hilfe sein.

KAMMERZOFE: Ich höre Ihnen zu.

TELLA: Glauben Sie, eine Frau sollte ihrem Mann offen und ohne Scham ihre Liebe zeigen – oder sollte sie sich nicht lieber beherrschen und ihm loyal sein?

KAMMERZOFE: Nun, ich habe niemanden, der mich liebt, Donna Tella. Aber wenn dem so wäre, zögerte ich keine Sekunde, um meine Liebe zu zeigen. Der größte Akt der Anerkennung ist ihre Aussprache.

TELLA: *denkt nach*

KAMMERZOFE: Und wenn Sie gestatten, ich glaube, Loyalität ist der falsche Begriff. Wir Frauen sind keine Heersoldaten, die ihrem Land dienen.

TELLA: Aber Liebe ist gegenseitige Treue, man vertraut einander, man begeht gemeinsam Höhen und Tiefen, man wird alt und selbst im Jenseits ist man zusammen.

KAMMERZOFE: Sie sagen es: Vertrauen. *Schmunzelt*

TELLA: Aber... es fehlt doch etwas neben dem Vertrauen.

KAMMERZOFE: Was sollte denn fehlen?

TELLA: Ich bin mir nicht sicher, eine gewisse Richtschnur, eine Norm oder so etwas wie Anstand.

KAMMERZOFE: Ich glaube, jeder darf in seinem Leben auch unanständig sein.

TELLA: Das sagen Sie so leicht.

KAMMERZOFE: Nur weil ich nicht mit derselben Bürde auferlegt bin, wie Sie es sind, Donna Tella. Sie sind die Tochter des Oberhaupts der Familie, Sie haben Ihre Pflichten und Aufgaben.

TELLA: *nickt* Manchmal frage ich mich, ob ich diese Aufgaben überhaupt möchte.

KAMMERZOFE: Bitte?

TELLA: *schüttelt den Kopf* Ach nichts. Ich danke Ihnen für den Rat.

KAMMERZOFE: Es ist mir eine Ehre, Ihnen geholfen zu haben, Donna Tella. *Vollendet Tellas Frisur* So, Sie wären nun für das Frühstück bereit – darf ich Ihnen jetzt noch etwas bringen?

TELLA: Das wäre alles, danke.

Die Kammerzofe knickst und verlässt das Zimmer.

TELLA: Vertrauen… und unanständig sein…

Tella steht auf und betrachtet sich im Spiegel.

TELLA: *sieht nun nach oben* Und was haltest du davon? *Senkt nun wieder ihren Blick auf ihr Spiegelbild* Der, der jeden durch die dunkelsten Täler begleitet. Welchen Rat kannst du mir geben? Unanständig war ich doch schon, unverheiratet mit einem Mann eine Nacht zu verbringen, war das nicht frevelhaft? Obwohl es diese gewisse Sinnlichkeit hatte, fühlte ich mich falsch – und das tue ich jetzt immer noch.

Stille.

TELLA: Mein Gewissen foltert mich für meine Leidenschaft, es foltert mich wegen Hector. Ich liebe ihn – aber ich bin außerstande, Moral und Ordnung zu hintergehen.

Stille.

TELLA: Aber weißt du, ich mag zwar außerstande sein, bin aber bereit dazu. Ich bin bereit dazu, Moral und Ordnung still zu setzen, seinetwegen.

Stille.

TELLA: Du bist nicht sonderlich gesprächig, nicht? Ich
spreche nicht oft zu dir, aber wenn ich dich um Rat ersuche,
dann erwarte ich, dass du mir hilfst. Oder ich hoffe es
zumindest.

Stille.

TELLA: Gib mir doch wenigstens ein Zeichen – ein Vogel, der
gegen das Fenster fliegt, ein Glockenläuten, ein Knacksen in
der Wand. Irgendetwas, das mir sagt, ich solle alles für
Hector oder... Hector selbst aufgeben.

Stille.

TELLA: *sieht nun in die Augen ihres Spiegelbildes* Deiner Stille
kann ich keinen Ruf entnehmen, kein Signal, das das Licht ins
Dunkle bringt.

Stille.

TELLA: Mein Tal wird noch dunkel bleiben, das fürchte ich.

Es klopft an der Tür.

TELLA: Wer da?

LANNAS STIMME: Ich bin es, Lanna. Bist du da, Tella?

TELLA: Nein.

LANNAS STIMME: Wo bist du denn? Ich muss dir etwas
Wichtiges sagen.

TELLA: *grinst schalkhaft* Natürlich bin ich hier, du Dussel. Komm rein.

Lanna betritt das Zimmer.

TELLA: Was gibt es, Schwesterherz?

LANNA: *mit leicht zittriger Stimme* Du wirst es nicht glauben.

Vierte Szene

Schauplatz: Damensalon. Aghatella di Moro schaut aus einem Fenster mit einem Glas Cognac in der Hand, Julia Tedesco sitzt auf einem Sessel und liest Zeitung, Salvatrice Montanari betritt mit Augusta den Salon.

AUGUSTA: Ich sage dir, Maria – oh, entschuldige, ich meinte Salvatrice. Ich sage dir, in der Luft liegt eine starre Kälte. Meine Wangen waren heute ganz rau und faltig – das bedeutet nichts Gutes. *Fällt gelassen, aber distinguiert in einen Sessel*

MONTANARI: Es bedeutet, dass du alt wirst.

AUGUSTA: Mit deiner Komik wirst du bald Pedro Konkurrenz machen. *Lacht*

JULIA TEDESCO: Donna Salvatrice, du bist nicht müde?

MONTANARI: Aber wieso denn?

JULIA TEDESCO: Du bist nur sehr früh hier.

MONTANARI: Halte mich nicht für gebrechlich, Julia. Und jetzt lasst mich alle bitte meinen morgendlichen Cognac trinken. *Schenkt sich an einer Kommode ein volles Glas mit Cognac ein* Ich habe genug Gedanken in meinem Schädel und brauche eure nicht.

AUGUSTA: Aber verzeih uns doch, Salvatrice. Wir sind schlicht gesellige Damenschaften. *Lacht theatralisch* Wir hatten indes sowieso geplant, im Salon »zu plaudern«, erinnerst du dich?

MONTANARI: Dieses Gespräch war vor der Nacht – heute habe ich keine Lust dazu.

JULIA TEDESCO: Und wieso bist du dann hier?

MONTANARI: *zeigt ihr Glas* Meine morgendliche Dosis.

AGHATELLA DI MORO: *hebt auch ihr Glas* Santé.

AUGUSTA: War deine Nacht so schrecklich, Salvatrice, dass du sogar ungewillt bist, mit deinen Gesellinnen zu plaudern?

MONTANARI: Mein Bett war steinhart, als fehlte die Matratze, und in der Decke meines Gemachs polterte häufig etwas, als würden die Deutschen mit Miniaturhaubitzen vom Dach dieses Schlosses feuern.

AUGUSTA: Miniaturhaubitzen. *Lacht* Gefällt mir, wie die Deutschen immer mit Schusswaffen in Verbindung gebracht werden.

JULIA TEDESCO: Ach, du logierst im Dachgeschosszimmer?

MONTANARI: Ja.

JULIA TEDESCO: Ist das Zimmer nicht zu groß?

MONTANARI: Ja, das ist es: groß. Hast du noch weitere Fragen, Julia?

JULIA TEDESCO: Nein.

MONTANARI: Gut, ich habe nämlich das erstaunliche Gefühl, dieses Glas in meiner Hand nicht leer zu bekommen.

Donna Geltrude und Veffa treten bekümmerter Miene ein.

DONNA GELTRUDE: Ich wünsche einen guten Morgen. Meine Damen, es ist etwas geschehen.

MONTANARI: *stellt ihr Cognacglas ab* Ich wusste es.

DONNA GELTRUDE: Bitte seien Sie nicht allzu schockiert. Melchiorre Esposito ist ermordet worden. In der vergangenen Nacht scheint er aus dem Fenster seines Zimmers gefallen oder gestoßen worden zu sein.

AGHATELLA DI MORO: *lässt schockiert ihr Glas fallen*

VEFFA: Donna Aghatella, alles in Ordnung?

AUGUSTA: Jesus. Erbarme uns. *Nimmt einen Fächer heraus und fächelt heftig*

MONTANARI: Obwohl ich überrascht bin, war es eigentlich berechenbar.

DONNA GELTRUDE: *boshaft* Bitte was? Donna Salvatrice, nehmen Sie Ihre feindliche Aussage zurück. *An alle anderen* Meine Damen versammeln sich bitte im Ballsaal – mein Gatte möchte eine Ansprache halten.

AGHATELLA DI MORO: Aber natürlich.

JULIA TEDESCO: *hält sich die Hand vor den Mund*

Donna Geltrude und Veffa ab.

AUGUSTA: Dann hat ihn die kalte Luft Anselms wohl doch des Lebens beraubt...

Fünfte Szene

Schauplatz: Treppenhaus des Südflügels. Donna Geltrude und Veffa laufen gehetzt die Treppen hinunter.

VEFFA: Was passiert jetzt?

DONNA GELTRUDE: Dein Onkel wird erst einmal Ebbe in die Flut bringen. Die Situation ist prekär und darf sich unter keinen Umständen verschärfen.

VEFFA: Und der Notfallplan?

DONNA GELTRUDE: Noch ist nichts außer Kontrolle. Wenn wir es schaffen, Panik zu vermeiden, läuft alles wie geplant ab.

VEFFA: Noch ist nichts außer Kontrolle? Ein Mann ist vergangene Nacht aus dem Fenster seines Zimmers gefallen – die Wahrscheinlichkeit ist sehr hoch, dass ihn jemand hinuntergestoßen hat. Die Fakten sprechen dafür.

DONNA GELTRUDE: Welche Fakten?

VEFFA: In der Nacht ist so einiges geschehen.

DONNA GELTRUDE: Noch wissen wir nicht viel. Aber du musst eine Sache tun: Gehe zu Huarte und teile ihm mit, er solle unverzüglich und rasch das tun, wozu Onkel Limbo ihn gestern gebeten hat. Hast du verstanden? Teile ihm das unbedingt mit, er weiß, was er zu tun haben wird.

VEFFA: Gut, wenn es nötig ist.

DONNA GELTRUDE: Das ist es.

VEFFA: Und was wirst du machen?

DONNA GELTRUDE: Ich gehe natürlich in den Ballsaal –

inzwischen müsste der Großteil eingetroffen sein.

Sechste Szene

Schauplatz: Ballsaal. Tella, Lanna und Hector von Döber sitzen an einem mit einem Damasttischtuch bedeckten Rundtisch, Massimo della Rovere, Ignazio Tedesco, Benito Mussolini und Geronimo di Moro stehen mittig im Saal, Salvatore Cutrera steht an die Wand gelehnt in der Ecke des Saals, Victor di Moro und Taddeo Tedesco betreten den Saal.

DON TADDEO: *vorwurfsvoll* Es war Mord – eiskalter Mord. Es ist mir gleich, was Sie alle dazu meinen, es war Mord. Und jeder könnte der Täter sein.

TELLA: Nur nicht so feindlich, Don Taddeo. Wir vermuten alle, dass es Mord war – nur beschuldigen wir niemanden gleich.

DON TADDEO: Von Anfang an war mir klar, dass mit diesem Treffen etwas nicht stimmen würde, und nun ist dem so.

HECTOR: Jetzt sollten wir erst einmal hören, was Don Limbo uns mitzuteilen hat. Danach dürfen wir urteilen.

VICTOR DI MORO: Limbo hält sich wohl wieder für sehr wichtig, wo er ja nur Ansprachen hält.

TELLA: Diesen Kommentar dürfen Sie sich schenken.

CUTRERA: Das größte Problem ist doch eigentlich, dass sich ein Mörder unter uns befindet. Jeder von uns könnte sterben, bereitet diese Tatsache niemandem Sorgen?

DON TADDEO: Doch. Und genau deshalb muss diese Versammlung abgebrochen werden. Es wird keinen Sinn ergeben, jetzt noch weiterzumachen.

Donna Geltrude betritt den Saal.

DONNA GELTRUDE: Oh doch, es steht weitaus mehr auf dem Spiel als die bloße Wiedervereinigung.

DON TADDEO: Bitte?

DONNA GELTRUDE: Mein Gatte wird dies noch genauer beleuchten, aber ich möchte hier an den Hohen Kodex erinnern und appelliere an die Vernunft der Ehrenmänner.

DON TADDEO: *wedelt mit der Hand* Jaja…

CUTRERA: Salvatrice Montanari wird gewiss keine Vernunft haben.

TELLA: *an Geltrude* Wo sind denn nun alle?

DONNA GELTRUDE: Die Damen werden sogleich erscheinen. Pedro kümmert sich mit der Hausdame und den Dienstboten um den Leichnam Espositos.

VICTOR DI MORO: Und Limbo lässt uns erneut warten?

TELLA: Haben Sie nachher noch einen Arzttermin, Don Victor?

VICTOR DI MORO: *rollt die Augen*

TELLA: a*n Geltrude* Wo bringt Onkel Pedro den Leichnam denn hin?

DONNA GELTRUDE: Wie jedes große Anwesen in den Alpenhöhen besitzt auch Anselm ein Krematorium. Wir werden ihn einäschern und seine Überreste an die Familie schicken.

CUTRERA: Als hätten die Architekten Anselms Mord in diesem Palast vorhergesehen.

Augusta, Salvatrice Montanari mit Busco und Cusco, Aghatella di Moro und Julia Tedesco treten ein.

AUGUSTA: *sehr pathetisch* Meine lieben Freunde der großen Sache, welch ein schreckliches Szenario hat uns doch wieder zusammengeführt! Tod. Der Tod entreißt den Lebenden die Sterbenden und führt die Lebenden enger zusammen.

CUTRERA: *steht auf und zeigt mit dem Finger auf Montanari* Sie haben doch sicher etwas damit zu tun!

MONTANARI: *lacht* Sicher.

DONNA GELTRUDE: Bitte, Signore Cutrera, wir beschuldigen niemanden.

CUTRERA: Mein Gemach befindet sich unter dem ihren und ich habe hören können, wie sie dort trampelte und die Türen zu hämmerte.

MONTANARI: Entschuldigung, was?

DONNA GELTRUDE: Was Donna Salvatrice vergangene Nacht gemacht hat, möchten wir nicht wissen.

MONTANARI: Aber ich habe auch Geräusche gehört, über mir.

TELLA: Sie logieren doch auf dem Appartement auf dem Dachgeschoss, nicht?

MONTANARI: Ja.

LANNA: Vielleicht hat es ja stark gewindet. Ich habe nämlich unweit von meinem Gemach einige Nachtvögel gehört – ich war sogar aufgestanden und habe aus dem Fenster geschaut, aber die sieht man nachts nicht so gut.

Hector und Tella wechseln kurz Blicke.

AUGUSTA: Anselm hat wahrlich seine Geheimnisse.

DONNA GELTRUDE: Vieles mag geschehen sein, letzte Nacht, aber bitte konzentrieren wir uns darauf, die Contenance zu wahren. Um unser aller Wohlergehen Willen.

Don Limbo und Huarte betreten den Ballsaal.

DON LIMBO: Meine verehrten Ehrenfrauen und Ehrenmänner. Danke, dass Sie zu dieser frühen Morgenstunde gekommen sind.

AUGUSTA: *flüsternd zu Montanari* Wir hatten ja keine Wahl.

DON LIMBO: Sie haben sicherlich alle von dem…

Missgeschick gehört, das uns letzte Nacht widerfahren ist.

Das Oberhaupt der Ferraris, Melchiorre Esposito, ist

verstorben. Näheres kann ich noch nicht sagen, nur dass

Mord nicht unwahrscheinlich ist.

Geflüster unter den Charakteren.

DON LIMBO: Aber noch gibt es keinen Anlass dazu,

voreilige Schlüsse zu ziehen. Wir werden wie gehabt

fortfahren und die Verhandlungen nicht unterbrechen. Ich

erinnere daran, es ist unsere höchste Pflicht, den Kodex in

diesem Hause zu achten und unser Ziel zu erreichen – die

Wiedervereinigung. Nach einer Stunde werden deshalb die

Türen der Tafelrunde geöffnet, ich bitte die Anführer und

Oberhäupter, zu diesem Zeitpunkt zu erscheinen, damit wir

ohne zeitliche Verzögerungen beginnen. Nun haben Sie noch

die Möglichkeit, zu speisen und sich auszuruhen. Ich hoffe,

dass ich auf die Kooperation aller Clans zählen kann. Ich

ziehe mich jetzt zurück.

DON TADDEO: Don Limbo, und was ist mit den

Ermittlungen? Melchiorres Mord darf nicht ungesühnt

bleiben.

DON LIMBO: Ich versichere, dass alles in Gang gesetzt ist,

um den Fall aufzuklären und die Bedrohung zu minimieren.

DON TADDEO: Ich hoffe es.

Don Limbo und Huarte ab.

AGHATELLA DI MORO: Und wieder tapsen wir in der Ungewissheit, während die Zahnräder im Hintergrund laufen.

DONNA GELTRUDE: Nichts läuft im Hintergrund. *An alle* Nun denn, wir haben Don Limbos Anweisungen gehört. In einer Stunde beginnen die Verhandlungen.

Alle bewegen sich nun fort.

HECTOR: *zu Tella* Wirst du auch an den Verhandlungen teilnehmen?

TELLA: Ich dachte, es wäre offensichtlich. Ja, ich werde als Repräsentantin der Roverefamilie den Verhandlungen beiwohnen, wie Veffa es tun wird.

HECTOR: Und Lanna?

LANNA: Ich werde in der Zwischenzeit auf die Blumen im Garten aufpassen, da Huarte die Tafelrunde richten wird. Ich befürchte, dass diese Nachtvögel einige empfindliche Blümchen zerstört haben könnten.

TELLA: *grinst Hector an* Du hast aber Fantasien, Lanna.

Geronimo di Moro ergreift von hinten Tellas Hand und hält sie auf. Lanna und Hector bleiben auch stehen.

GERONIMO DI MORO: Mein Fräulein, darf ich Sie kurz sprechen?

TELLA: *löst sich von Geronimos Griff* Entschuldige, aber nein. Ich bin anderweitig beschäftigt.

Tella und Lanna bewegen sich fort. Hector sieht Geronimo an.

HECTOR: Was sollte es werden, wenn es fertig würde?

GERONIMO DI MORO: Wir haben uns nichts zu sagen.

Verschwindet, gefolgt von Ignazio Tedesco, Massimo della Rovere und Benito Mussolini.

HECTOR: Wir werden sehen.

Siebente Szene

Schauplatz: Ein Flur des Schlosses, der Ballsaal, Speisesaal und die Entrée-Halle verbindet. Während Tella, Lanna, gefolgt von Hector den Speiseraum betreten, hält Salvatore Cutrera Salvatrice Montanari auf.

CUTRERA: Sage es! Sage, was du vergangene Nacht getrieben hast.

Busco und Cusco packen Cutrera an seinen Schultern und schieben ihn ein Stück weg von Montanari.

BUSCO: Vorsicht, Cutrera.

CUTRERA: Ich habe keine Angst vor euch argentinischen Steinriesen. *An Montanari* Ich habe das ernste Gefühl, du hättest etwas mit dem Mord von Esposito zu tun.

MONTANARI: Leere Worte von einem Mann ohne Namen.

Don Pedro erscheint hinter Cutrera.

DON PEDRO: Du wirkst heute tatsächlich etwas bleich, Salvatrice – als hättest du keinen Schlaf gehabt.

MONTANARI: *lacht erfreut* Was ein herrliches Rendez-vous. Salvatore Cutrera, Pedro della Rovere und Salvatrice Montanari. Wir müssen uns fotografieren, damit ich dieses Trio einrahmen kann.

CUTRERA: Deine herablässige Haltung wird dich nicht reinwaschen, du Schlange.

MONTANARI: Erneut vernehme ich nur leere Worte.

DON PEDRO: Melchiorre Esposito ist ermordet worden.

Alle sehen Pedro an.

DON PEDRO: Vor der Einäscherung haben wir seinen Leichnam untersucht – bevor er aus dem Fenster geworfen wurde, hatte man ihn mehrmals mit einem Messer erstochen.

MONTANARI: *hebt die Brauen* Erstochen?

CUTRERA: *starrt Montanari an* Dann war es tatsächlich Mord.

MONTANARI: Also bitte, es gibt keinerlei Hinweise, dass ich etwas damit zu tun habe.

DON PEDRO: Nein, die gibt es nicht. Aber sei gewarnt, Salvatrice, wenn du in diesem Intermezzo irgendeinen Faden gezogen hast, sei es auch der unwichtigste, wirst du deine Strafe erhalten.

MONTANARI: Du hast mir nichts zu sagen, Pedro. Deine Drohungen sind genauso sinnfrei wie Augustas Existenz. Übrigens gibt es ebenso keine Beweise dafür, dass du und Cutrera nichts damit zu tun habt. Wenn ihr mich nun entschuldigt, ich habe noch ein Leben zu leben, das im Gegensatz zu den euren einen Sinn hat.

Montanari, Busco und Cusco verschwinden.

CUTRERA: Du verdächtigst sie doch auch, nicht?

DON PEDRO: Das größte Problem hier ist, dass ich jeden verdächtigen könnte.

Achte Szene

Schauplatz Büro des Mafiafürsten. Don Limbo und Donna Geltrude schauen aus dem Fenster, Huarte steht vor dem Bureau.

DON LIMBO: Ein flüchtiger Dienstbote, der inkognito für den Feind agiert, die Ermordung eines Clanoberhaupts und ein Pak skrupelloser Krimineller, die in jedem Moment zu den Waffen greifen könnten. Die Situation könnte nicht schlimmer sein.

DONNA GELTRUDE: Oh doch, das könnte sie. Beschwöre uns hiermit keine Kataklysmen, Limbo. Noch sind wir imstande, das Blatt zu unseren Gunsten zu wenden. *Zu Huarte* Nach dem Flüchtigen wird bereits gefahndet?

HUARTE: *nickt*

DON LIMBO: Verstehst du denn nicht, was der Tod von Esposito bedeutet?

DONNA GELTRUDE: Selbstverständlich verstehe ich das. Aber viel wichtiger ist die Wiedervereinigung.

DON LIMBO: Ich befürchte, ich muss dir widersprechen. Die Abmachung hat Esposito eine Sicherheitsgarantie gewährt, nun ist er tot und uns fehlt die Korrespondenz.

DONNA GELTRUDE: Esposito ist nur ein Puzzlestück unter vielen. Er ist nicht mehr von Bedeutung. Vielmehr sind es die anderen, die jetzt entscheidend sind.

DON LIMBO: Du verstehst immer noch nicht, dass die Wiedervereinigung nur der Mittel zum Zweck ist.

DONNA GELTRUDE: Und der Zweck ist die große Sache.

DON LIMBO: Die große Sache, die dem Rat von Nena Brehtal, Don Grino und Gerasim Laruga dient – nichts anderes.

DONNA GELTRUDE: Vielleicht siehst du es noch nicht: Zuerst muss die Wiedervereinigung vollzogen werden. Ein Haus wird nicht zuerst mit dem Dach gebaut, sondern mit dem Fundament. Du wirst deine Mutter mehr als nur enttäuschen, wenn die Wiedervereinigung fehlschlägt.

DON LIMBO: Sie wird mich umbringen. Doch es scheitert bereits alles. Bevor uns noch mehr Unheil entgegenrollt, sollten wir diese ganze Sache besser beenden. In Zukunft werden wir noch Chancen dazu haben.

DONNA GELTRUDE: Nein, das lasse ich nicht zu. Und Huarte auch nicht.

DON LIMBO: *sieht Huarte an*

HUARTE: *nickt*

DON LIMBO: *seufzt*

Es klopft.

DON LIMBO: Eintreten.

Veffa tritt in das Büro.

DON LIMBO: Veffa, was gibt es?

VEFFA: Die Hausdame hat die Tafelrunde vorbereitet und erwartet nun Huarte.

HUARTE: *steht auf*

DON LIMBO: Gut, dann beginnen wir sogleich mit der Eröffnung.

Neunte Szene

Schauplatz: Speisesaal. Tella, Lanna und Hector sitzen an einem Ende des Tisches und frühstücken.

LANNA: Dieser Pudding mundet wirklich sehr. Ich muss Huarte fragen, wer ihn zubereitet hat. *Wischt sich den Mund mit einer Serviette ab und steht auf*

TELLA: Du gehst?

LANNA: Aber ja doch. Schließlich werdet ihr gleich zur Tafelrunde gerufen und die Blumen sind in meiner Abwesenheit ungeschützt.

TELLA: Sicher, geh nur. Sonst kommen gleich die Deutschen und trampeln sie dir mit ihren dreckigen Stiefeln zu Matsch.

LANNA: *erschrocken* Wie sind sie denn hergekommen?

Tella und Hector wechseln kurz Blicke.

TELLA: *grinsend* Geh jetzt.

LANNA: *etwas verwirrt* Ja…

Lanna ab.

TELLA: Stell dir vor, Lanna wäre die Erstgeborene in unserer Familie. Dann würde sie bei Papas Abdankung das Oberhaupt der Familie.

HECTOR: Genoveffa ist die Erstgeborene, oder?

TELLA: Ja. An zweiter Stelle komme ich – und irgendwie haben Papa und meine Großmutter es bewerkstelligt, dass nicht Lanna, sondern Massimo, Limbos und Geltrudes Sohn, an dritter Stelle kommt.

HECTOR: Ist es nicht ein wenig ungerecht, Lanna gegenüber?

TELLA: Ich glaube, sie macht sich mehr Sorgen über die Rosen am Pavillon als über die Machenschaften unserer Familie.

Beide lachen. Als Hector aufhört zu lachen, dreht er sich mit ganzem Körper zu Tella und nimmt ihre Hände in die seine.

HECTOR: Donatella…

TELLA: *schmunzelnd* Ja, Hector?

HECTOR: Ich fühle mich nicht gut.

TELLA: *sieht ihn von oben bis unten an* Was hast du denn? Hast du Schmerzen?

HECTOR: Nein, keine oberflächlichen Schmerzen, aber im tiefsten Innern.

TELLA: Ich verstehe dich nicht.

HECTOR: Egal was kommen mag, Donatella, meine geliebte Donatella, du bist eine Frau von Integrität, ich werde dich für deine Intelligenz, für deine Kultiviertheit und deine Eloquenz mein Leben lang bewundern – egal was kommen mag, ich liebe dich, Donatella, aus dem tiefsten Innern meiner Seele und meines Herzens. *Steht von seinem Stuhl auf und kniet vor*

Tella hin Du wirst dir nie vorstellen können, wie sehr ich dich liebe. *Führt ihre Hand an seinen Mund*

TELLA: Wieso drückst du dich so aus, als würden wir uns nie mehr sehen?

HECTOR: *steht nun auf* Ich weiß es nicht. Ich fühle mich nur nicht gut – und bevor etwas geschieht, wollte ich dir sagen, was du mir bedeutest.

Im Speisesaal erscheint ein Dienstbote.

DIENSTBOTE: Donna Tella, Sie werden im großen Saal der Tafelrunde erwartet.

TELLA: Bitte warten Sie einen Augenblick.

DIENSTBOTE: Sie sind die letzte, die fehlt.

HECTOR: *lässt Tellas Hand los* Gehe bitte, die Verhandlung ist wichtig. Du weißt das, es ist deine Pflicht.

TELLA: *senkt ihren Blick auf den Boden* Meine Pflicht…

Hector tritt beiseite, der Dienstbote räuspert sich, Tellas Blick ist weiterhin gesenkt.

Zehnte Szene

Schauplatz: Tafelrunde, ein geräumiger Saal mit einem Rundtisch aus geschliffenem Stein in der Mitte; im Norden des Saals steht der Thron des Mafiafürsten, rechts die Sitzschaft des Tafelrichters, links die der Tafelsprecherin. Der Rundtisch ist an seiner nördlichen Stelle nicht bestuhlt, damit alle Mitglieder der Runde den Blick auf den Thron haben. An der westlichen Hälfte des Tisches sitzen v. r. n. l. Don Limbo, Donna Geltrude, Veffa, Tella, an der östlichen Hälfte v. r. n. l. Don Pedro, Salvatore Cutrera, Aghatella di Moro, Augusta Mussolini, Salvatrice Maria Montanari, an der südlichen Stelle neben Montanari sitzt Taddeo Tedesco, drei Stühle, darunter der des Melchiorre Espositos, sind unbenutzt. Don Limbo und Donna Geltrude nehmen in dieser Räumlichkeit die Funktion der Gastgeber an, Huarte die des Tafelrichters und Stabträgers, die Hausdame Dorotea die der Tafelsprecherin und Don Pedro die des Schriftführers. Tafelrichter Huarte eröffnet die erste Sitzung der zweiten Versammlung der Tafelrunde mit drei Stabschlägen auf den Boden. Die Gastgeber erheben sich von ihren Plätzen.

DON LIMBO: Gemäß des Hohen Kodex empfangen wir, die Gastgeber, die Stabschläge des Tafelrichters und eröffnen die erste Sitzung der zweiten Versammlung der Tafelrunde der süditalienischen Familien und Großclans. Wir datieren das letzte Jahr vor der Jahrhundertwende.

DONNA GELTRUDE: Gemäß des Hohen Kodex verlesen wir, die Gastgeber, nun die Übereinkunft der ersten Versammlung der Tafelrunde, datiert am fünfundzwanzigsten Jahr des derzeitigen Jahrhunderts. Die erste Versammlung der Tafelrunde beschließt: Römisch eins: Das Bestreben der Tafelrunde dient allein dem gemeinsamen Banner und dem Willen des Fürsten. Fürst der Familien und Großclans ist, wer in der Tafelrunde einstimmig erwählt worden ist. Der Fürst der süditalienischen Familien und Großclans repräsentiert diese im Rat der Fürsten.

DON LIMBO: Römisch zwei: Die Sitzschaft der süditalienischen Tafelrunde ist Anselm, der Hohe Kodex ist dort bindend und kontinuierlich.

DONNA GELTRUDE: Römisch drei: Gastgeber der Tafelrunde ist, wer die süditalienischen Familien und Großclans nach Anselm eingeladen hat. Weitere Funktionen werden in Abstimmungen bestimmt.

DON LIMBO: Römisch vier: Nur die Führer der Familien und Großclans dürfen Mitglieder der Tafelrunde sein. Zusätzliche Mitglieder sind in vorherigen Abstimmungen zu bestimmen, aber nicht erwünscht.

DONNA GELTRUDE: Römisch fünf: Damit eine Abstimmung der konstituierten Versammlung rechtskräftig ist, braucht sie eine Zweidrittelmehrheit. Jegliche Beschlüsse der konstituierten Versammlung sind unanfechtbar und jedes Mitglied der Tafelrunde ist an ihre Einhaltung gebunden.

DON LIMBO: Römisch sechs: Außer römisch eins, fünf und sechs darf jeder Beschluss von der konstituierten Versammlung aufgelöst werden, wenn einstimmig dafür gestimmt wird.

DONNA GELTRUDE: Römisch sieben: Die Existenz der Tafelrunde ist geheim und darf in keiner Form der Öffentlichkeit preisgegeben werden. Jedes Mitglied, das eine Veröffentlichung der Tafelrunde vorschlägt, ist auf Ermessen des Tafelrichters unwiderruflich zu liquidieren. Jede konstituierte Versammlung, die eine Veröffentlichung der Tafelrunde beabsichtigt, ist auf Ermessen des Tafelrichters unwiderruflich aufzulösen. Römisch sieben kann nicht aufgelöst werden.

DON LIMBO: Die Gastgeber übergeben das Wort an die Tafelsprecherin.

Don Limbo und Donna Geltrude setzen sich.

TAFELSPRECHERIN DOROTEA: Folgende Mitglieder der Tafelrunde haben sich versammelt: Limbo della Rovere,

Stellvertreter der Familie della Rovere, Salvatore Cutrera, Stellvertreter der Corleonesi, Aghatella di Moro, Oberhaupt der Familie di Moro, Augusta Mussolini, Oberhaupt der Familie Mussolini, Taddeo Tedesco, Oberhaupt des Clans Casagrande, Melchiorre Esposito, Oberhaupt des Clans Ferrari… *leicht zittrig* verstorben; und Salvatrice Montanari, Oberhaupt des Clans Montanari. Erster Tagesordnungspunkt der zweiten Versammlung der Tafelrunde: Besprechung der Übereinkunft mit dem Ziel der Wiedervereinigung. Zweiter und letzter Tagesordnungspunkt: Besprechung der Wahl und Ernennung des Fürsten. Bei erfolgreicher Unternehmung werden die Beschlüsse am morgigen Tage von der zweiten Versammlung der Tafelrunde ausgeführt. Für den ersten Tagesordnungspunkt sind eine Aussprache und Debatte von drei Stunden vorgesehen. Das erste Wort hat der Gastgeber Limbo della Rovere für Familie della Rovere.

Don Limbo erhebt sich.

DON LIMBO: Das Bestreben der Tafelrunde dient allein dem gemeinsamen Banner – so lautet der erste Beschluss der ersten Versammlung der Tafelrunde. Und wie jeder von uns weiß, diente das Bestreben der ersten Versammlung nicht, ich wiederhole, es diente nicht dem gemeinsamen Banner. Der ersten Versammlung ist es nicht gelungen, das zu erreichen, was es sich als höchstes Ziel und Ideal gesetzt hat. Es ist ihr nicht gelungen, persönliche Interessen und Machtbestrebungen beiseitezulegen und im Sinne der großen Sache zu handeln. Es ist ihr nicht einmal gelungen, den Hohen Kodex zu achten. Die erste Versammlung der Tafelrunde ist der Urbeweis für unverantwortliche Führung, Misswirtschaft und Größenwahn – sie beweist, dass die Ehrenfrauen und Ehrenmänner der großen Sache außerstande sind, eine große Gemeinschaft zu bilden, weil ihnen Werte, Normen und die Moral der großen Sache nicht von Bedeutung sind. Es ist inakzeptabel, dass es seit der ersten Versammlung der Tafelrunde keine Familie, kein Clan versucht hat, die Tafelrunde ein zweites Mal zusammenzubringen. Deshalb ist es von größter Wichtigkeit und auch ein Zeichen der Hochachtung des Kodex, dass wir, die zweite Versammlung, nicht scheitern. Wir dürfen die Fehler der Vergangenheit nicht wiederholen oder wir werden nie für die Zukunft bereit sein. Ich bitte alle Mitglieder der Tafelrunde, an die Zukunft der süditalienischen Familien und Großclans auf internationaler Ebene zu denken. Regional liegen die Familien und Clans bereits im Streit, es gibt Konflikte, Kämpfe und langandauernde Kriege, selbst innerhalb der Hierarchien herrschen Korruption,

Unvertrauen und Verantwortungslosigkeit – während die Welt sich weiter dreht. Und politische Großmächte aufrüsten und Bündnisse eingehen. Und die großen vereinten Mafias in Amerika, im Russischen Zarenreich, in der Habsburger Doppelmonarchie und im Osmanischen Reich Einfluss auf unzählige Staaten und Reiche haben. Wie kommt es, dass dort die Ehrenfrauen und Ehrenmänner für eine Vereinigung bereits waren, und wie kommt es, dass wir es nicht waren? Meine verehrten Damen und Herren, es gibt keine Gründe, um die Wiedervereinigung nicht anzustreben. Nehmen wir doch an Vernunft an und tun, was getan werden muss.

Don Limbo setzt sich.

TAFELSPRECHERIN DOROTEA: Nächste Rednerin für Clan Casagrande: Salvatrice Montanari.

Salvatrice Montanari erhebt sich.

MONTANARI: Eine Vereinigung von Familien und Clans bedeutet auch, gegenseitig zu vertrauen. Und wie kann man den hier anwesenden Clanvertretern Vertrauen schenken, wenn bereits hier in Anselm gemordet wurde? Es gibt keine größere Blasphemie des Hohen Kodex als der Mord an Melchiorre Esposito. Und wir werden hier an Vernunft appelliert. Verehrte Damen und Herren der großen Sache, Don Limbo beabsichtigt nicht, eine Wiedervereinigung mit guten Zwecken zu vollziehen. Ihm steht nur die unbrüchige Manifestation seiner Familie in den Machtstrukturen der internationalen Mafia im Sinn. So war es nämlich auch in anderen Staaten. Die Versammlung der Tafelrunde im Budapester Untergrund vollzog die Wiedervereinigung nicht mit demokratischen Wegen. Wir alle können uns noch daran erinnern: Es war vor zehn Jahren, als die größte und durchaus stärkste Familie in Österreich-Ungarn eine Versammlung ins Leben rief und anschließend die Oberhäupter aller restlichen Clans liquidierte, es war der jetzige Fürst der Mafia in Habsburg, der jeden Clan aus dem Machtzentrum fegte und nun diktatorisch ein Imperium regiert. Der russische Fürst Gerasim Laruga und seine Vorfahren haben auf perfide Art und Weise Verwandte in jeden russischen Clan eingeschleust und Ehen arrangiert, bis Larugas Clan mit jedem anderen vernetzt war und er so seine Vereinigung zu allen Gunsten seines Clans vollziehen konnte. Und die vereinte Mafia im Osmanischen Reich ist selbst einer süditalienischen Kleinfamilie unterlegen, die Reichssicherheit und Polizei haben jede Bewegung der Mafia unter Kontrolle. Der Prozess der Wiedervereinigung ist ein langwieriger und selbst wenn das Ziel erreicht würde, gäbe es keine Sicherheit vor einer dekadenten Entwicklung.

Salvatrice Montanari setzt sich.

TAFELSPRECHERIN DOROTEA: Für Clan Casagrande: Taddeo Tedesco.

Taddeo Tedesco erhebt sich.

DON TADDEO: *hustet.* Entschuldigung. Die erste Bedingung einer Wiedervereinigung ist die Niederlegung persönlicher Interessen. Das bedeutet, keine Familie und kein Clan dürfen mehr Macht ausüben als andere. Die zweite Bedingung ist die Aushandlung der Tätigkeitsfelder. Es muss darüber verhandelt werden, welche Geschäfte die vereinte Mafia fortführen, verstärken oder abbrechen soll. Die dritte und wichtigste Bedingung ist die permanente Einhaltung des Hohen Kodex. Momentan schaut die Lage so aus, dass keine der drei Bedingungen erfüllt sind. Natürlich verhandeln wir deshalb hier und jetzt, aber ich denke, ich spreche für einen Großteil, wenn ich sage, dass dieser Prozess schwer sein wird – und es gefällt mir gar nicht, in diesem Punkt dem Oberhaupt des Clans Montanari zustimmen zu müssen.

Taddeo Tedesco setzt sich. Montanari rollt die Augen.

MONTANARI: Du wirst es verkraften, Taddeo.

TAFELSPRECHERIN DOROTEA: Bitte keine Kommentare während der Aussprache. Nächster Redner ist Salvatore Cutrera für die Corleonesi.

Salvatore Cutrera erhebt sich.

CUTRERA: Mich deucht, einige Mitglieder der Runde übertreiben etwas in ihren Erläuterungen. Hören wir doch zu, was Don Limbo uns sagt. Wenn wir ein starkes und sicheres Auftreten inmitten aller Größenwahnsinnigen wie dem Habsburger Fürst, dem deutschen Kaiser Willi zwei, dem Marquess of Salisbury und Gerasim Laruga haben wollen, müssen wir diesen Schritt hin zur Wiedervereinigung unternehmen. Ich schließe mich der Beurteilung von Montanari und Tedesco an, dass der Prozess ein schwieriger sein wird, aber bei allem Respekt, man kann es doch wenigstens versuchen. Und allerlei Streitigkeiten sollten in diesem Saal beiseitegelegt werden. Wie Don Limbo es schon gesagt hat, seien wir vernünftig – ansonsten kommen wir über Äußerungen wie „wir sollten", „wir müssten", „wir könnten" nicht hinweg. Denken wir auch die kommenden Generationen, sie sollen nicht in einer Welt des Zwiespalts und der Streitigkeiten leben. Vielen Dank.

Salvatore Cutrera setzt sich. Montanari hebt kurz die Brauen.

TAFELSPRECHERIN DOROTEA: Nächste Rednerin für Familie Mussolini: Augusta Mussolini.

Augusta erhebt sich.

AUGUSTA: *höchst theatralisch* Meine Freunde, meine Freunde!

Ein Dienstbote unterbricht Augusta und die Sitzung, in dem er hereinstürmt. Er bewegt sich hektisch zu Don Limbo.

TAFELRICHTER HUARTE: *klopft mit dem Stab einmal auf den Boden*

TAFELSPRECHERIN DOROTEA: Die Tafelrunde darf unter keinen Umständen gestört werden. Nenne unverzüglich dein Anliegen oder entferne dich.

DIENSTBOTE: Verzeiht bitte meine Störung. Don Limbo, ich muss Ihnen etwas sagen.

Der Dienstbote geht zu Limbo hin, beugt sich nah zu ihm vor flüstert etwas hektisch lispelnd in sein Ohr.

DON LIMBO: *horcht aufmerksam zu.*

DONNA GELTRUDE: Was ist denn?

DON LIMBO: *ruft leicht erschrocken auf* Mein Gott. *Steht auf und hastet gen Ausgang, der Dienstbote folgt ihm*

TAFELSPRECHERIN DOROTEA: Don Limbo, wohin gehen Sie?

DON LIMBO: Keine Zeit zum Erklären. *Bleibt stehen und dreht sich um* Geltrude, Pedro, kommt auch mit, zur Eingangshalle, jetzt. *Hastet wieder rasch gen Ausgang und verschwindet*

Donna Geltrude und Don Pedro stehen auf und bewegen sich ebenfalls gen Ausgang.

TELLA: Geltrude, Pedro, wer vertritt nun jetzt die Familie?

DONNA GELTRUDE: Du und Veffa natürlich. Ihr schafft das, da bin ich mir sicher.

Donna Geltrude und Don Pedro ab.

TAFELSPRECHERIN DOROTEA: Wenn wir nun wieder zur Tagesordnung zurückkehren könnten. *An Augusta* Ihre Rede bitte.

Elfte Szene

Schauplatz: Entrée. Drei Charaktere warten in der Halle: Conte Banco Bonaventure della Rovere, Nena della Rovere, Gräfinwitwe, und eine Kammerzofe. Zuerst erscheint Don Limbo, gefolgt von Donna Geltrude und Don Pedro.

DON LIMBO: *verbeugt sich vor der Gräfinwitwe* Sei gegrüßt, Mutter.

Donna Geltrude und Don Pedro verbeugen sich vor der Gräfinwitwe.

CONTESSA VEDOVA (Gräfinwitwe): Wir müssen reden.

DON PEDRO: Aber Mutter, was machst du hier.

DON LIMBO: Wie seid ihr beide hergekommen?

CONTES BANCO: Mit der Seilbahn natürlich. Wir sind hier, um über die aktuelle Stunde zu sprechen – und über Donatella.

CONTESSA VEDOVA: Gehen wir jetzt in dein Büro, Limbo, oder willst du uns noch länger in der Eingangshalle erfrieren lassen?

DON LIMBO: Selbstverständlich, verzeih mir, Mutter. Aber ich verstehe immer noch nicht ganz, weshalb du... weshalb ihr beide hier seid.

DONNA GELTRUDE: Wir haben hier alles unter Kontrolle, Eure Exzellenz. Nichtsdestominder ehrt uns Eure Anwesenheit in höchstem Maße.

CONTESSA VEDOVA: Dein Süßholzraspeln darfst du dir schenken, Geltrude. Ich konnte dich nie leiden und werde es auch jetzt nicht tun. *An Limbo* Gehen wir jetzt?

DON LIMBO: *zeigt den Weg* Hier entlang. Soll ich Donatella ins Büro zitieren lassen?

CONTESSA VEDOVA: Noch nicht. Erst möchte ich mit Pedro und dir sprechen.

DONNA GELTRUDE: Kann ich dabei sein?

CONTESSA VEDOVA: Ich weiß nicht, kannst du das?

Don Limbo geleitet Nena della Rovere, die sich zwar selbstsicher, aber mit einem Gehstock unterstützend, fortbewegt, hinaus aus der Eingangshalle. Donna Geltrude kommt etwas empört hinterher.

CONTES BANCO: Lange nicht mehr gesehen, Pedro.

DON PEDRO: Du musst sehr beschäftigt sein, nach Papas Tod, wo du jetzt der Conte unserer Familie bist.

CONTES BANCO: Es tut mir immer noch leid, dass nicht dir dieser Titel und diese Aufgabe übertragen worden sind – ich meine es ernst. Es war Mammas Wille.

DON PEDRO: Lass uns nicht in der Vergangenheit kramen, Banco. Du bist noch jung und die Familie braucht einen starken Anführer.

CONTES BANCO: Du bist aber sehr viel gewiefter als ich. Und ich fürchte, deshalb stehen wir hier, in diesem Augenblick. Ich muss zugeben, dass ich einige Fehler gemacht habe.

DON PEDRO: *hebt die Brauen*

CONTES BANCO: Mamma ist außer sich vor Wut. Sie merkt langsam, dass sie Fäden spinnt, die sie nicht kontrollieren kann.

DON PEDRO: Wie metaphorisch.

CONTES BANCO: Ich glaube, wir sollten jetzt zu Mamma und Limbo stoßen.

Zwölfte Szene

Schauplatz: Tafelrunde. Die Debatten haben nun begonnen.

TELLA: Sie haben doch selbst bemerkt, Donna Salvatrice, dass Sie eine Mehrheit gegen sich haben. Niemand vertritt Ihren Standpunkt, Sie stehen alleine im Raum.

MONTANARI: Und ich weise dich sehr gerne darauf hin, dass wir einstimmig abstimmen müssen. Ohne meine Stimme, kann die Wiedervereinigung abgebrochen werden.

TELLA: Sie müssen aber zugeben, dass Ihnen die Argumente fehlen, um Ihren Standpunkt zu begründen.

MONTANARI: *lacht* Mir fehlen die Argumente, weil ich meinen Standpunkt mit Fakten begründe, mit klaren und wirklichen Fakten, die jeder hier anscheinend außer Acht lässt.

DON TADDEO: Nun ja, nicht jeder. Ich sehe auch, dass die Monopolisierung auf eine vereinte Mafia dazu führen kann, dass der Staat härter gegen uns vorgehen wird.

MONTANARI: Wir kommen nicht weiter, wenn wir uns ständig an den Kopf werfen, dass jemand einen anderen Standpunkt vertritt. Wann kommt denn endlich Limbo wieder. Ohne den Gastgeber kann die Debatte so nicht laufen.

TELLA: Das ist ja lächerlich. Sie weichen den Fakten aus und wollen nicht mit mir diskutieren.

AUGUSTA: Wenn ich meinen Senf hinzugeben darf, ich pflichte dem jungen Fräulein bei, Salvatrice. Du wirst doch dieses mögliche, aber doch unwahrscheinliche Sicherheitsrisiko in Kauf nehmen können. Ich bin mir sicher, eine Wiedervereinigung hat auch Vorteile für dich und deinen Clan.

MONTANARI: Nein. Limbo hat anderes vor. Und ich bin nicht bereit, meinen Clan und die Ehre meines Clans für den Größenwahn der Roverefamilie aufzugeben.

VEFFA: Größenwahn?

TELLA: Nennen Sie uns nur ein Beispiel, das unseren Größenwahn illustriert oder zeigt, dass wir etwas anderes bezwecken als die Stärkung der süditalienischen Mafia.

MONTANARI: Die Ermordung Melchiorre Espositos in diesem Haus unter deinem Onkel als Gastgeber. Es ist doch deutlich einfacher, jeden von uns umzubringen und die Macht an sich zu reißen. In Österreich-Ungarn hat das so funktioniert.

CUTRERA: Deswegen auch die Leibwächter.

MONTANARI: Ganz recht. Mit Esposito hat es angefangen und wer folgt, ist die nächste Frage.

DON TADDEO: Da ist etwas dran. Espositos Mord ändert vieles.

TELLA: Nur weil er ermordet wurde, bedeutet es nicht, dass wir dahinterstecken. Es hätte auch gut jeder von Gästen sein können, auch Sie, Donna Salvatrice, und Ihre Leibwächter.

TAFELSPRECHERIN DOROTEA: Darf ich darauf hinweisen, dass Beschuldigungen des Mordes an Melchiorre Esposito nicht Teil der Tagesordnung sind?

MONTANARI: Das ändert nichts an meiner Meinung.

DON TADDEO: Ich finde, wir dürfen das Thema Esposito nicht folgenlos in die unterste Schublade legen. Ja, er war das Oberhaupt eines großen Clans und ja, er war ein Krimineller – das sind wir alle –, aber er war vor allen Dingen ein Mensch. Und derjenige, der in umgebracht hat, ist ein Unmensch, gehört gefasst und entsprechend verurteilt.

TELLA: Und Sie, Donna Aghatella, wo positionieren Sie sich?

AGHATELLA DI MORO: Ich teile die Ansichten des Oberhaupts von Montanari vollständig.

MONTANARI: Da seht ihr es, ich bin nicht alleine.

CUTRERA: Vergessen wir nicht, dass die Abstimmung über den Beschluss erst morgen stattfindet, wir also genug Zeit haben, um zu debattieren und jeden Aspekt zu beleuchten.

Dreizehnte Szene

Schauplatz: Büro des Mafiafürsten. Nena della Rovere, die Gräfinwitwe, sitzt auf dem Sessel am Arbeitstisch, Don Limbo und Donna Geltrude sitzen auf den Stühlen, Conte Banco della Rovere steht rechts neben der Gräfinwitwe und Don Pedro steht neben Limbo.

CONTESSA VEDOVA: Was habe ich da gehört? Mord – hier in Anselm?

DON LIMBO: *senkt seinen Blick* So ist es.

CONTESSA VEDOVA: Und wer wurde ermordet?

DON PEDRO: Melchiorre Esposito, von Clan Ferrari.

CONTESSA VEDOVA: Ich weiß, wer er ist. *Hält sich die Hand an die Stirn* Und du behauptest, alles wäre unter Kontrolle, Geltrude. Nichts ist unter Kontrolle.

CONTES BANCO: Ist es nicht umso besser, dass du jetzt hier bist, Mamma?

CONTESSA VEDOVA: Durchaus. Mich deucht, ich müsste jetzt die Führung über all das hier übernehmen. *An Limbo* Ich habe dir eine einzige Aufgabe gegeben, nämlich die Initiierung der Wiedervereinigung oder im Notfall die Auslöschung der Oberhäupter, und du hast versagt und damit Schwäche bewiesen. Mit sofortiger Wirkung bin ich Gastgeberin von Anselm. Jetzt müssen wir alles daransetzen, die Lage ins Lot zu bringen – denn wenn die Wiedervereinigung scheitert, scheitert auch mein Abkommen mit den anderen Fürsten, das wisst ihr hoffentlich alle.

DON LIMBO: Natürlich, Mutter, ich bitte innig um Verzeihung.

CONTESSA VEDOVA: Geltrude, mache dich doch einmal nützlich und bringe Donatella hierher. Es wird Zeit, dass wir sie in unser Vorhaben einweisen.

Donna Geltrude verschwindet stumm.

DON PEDRO: Welches Vorhaben?

CONTESSA VEDOVA: Das wirst du sogleich mitbekommen.

CONTES BANCO: Es geht um ihre Rolle in der Familie – und mehr oder weniger um den Ausgang der Wiedervereinigung.

DON PEDRO: Ich verstehe nicht ganz.

DON LIMBO: Du solltest dich nicht einmischen, Pedro.

DON PEDRO: Ganz offensichtlich gibt es wieder etwas, von dem alle wissen nur ich nicht.

CONTES BANCO: Weil du sehr wahrscheinlich intervenieren würdest.

DON PEDRO: *hebt die Brauen* Wenn du das so sagst, dann freue ich mich nicht, von diesem Vorhaben zu hören.

CONTESSA VEDOVA: Du bist frei zu gehen.

DON PEDRO: Ich bleibe.

137

CONTESSA VEDOVA: Wie du möchtest.

Es klopft an der Tür.

CONTESSA VEDOVA: Herein.

Donna Geltrude und Donatella treten ein.

TELLA: *überrascht* Großmutter, was machst du denn hier?

CONTESSA VEDOVA: *sehr herzlich* Hallo Liebes, setz dich hier. *Zeigt auf den leeren Stuhl neben Don Limbo*

TELLA: *geht ein paar Schritte vor, verbeugt sich vor ihrer Großmutter und setzt sich hin* Es ist schön, dich hier zu sehen.

CONTESSA VEDOVA: Doch unglücklicherweise hat mich nicht der Wunsch, meine Familie zu sehen, hierhergebracht. Es gibt einige Dinge, meine liebe Donatella, die es noch zu klären gilt.

TELLA: Ach, wenn du sagst. Was gibt es denn? *Bemerkt ihren Vater* Papa? Du bist ja auch hier, entschuldige, ich habe dich nicht sofort gesehen.

CONTES BANCO: *nickt schmunzelnd*

CONTESSA VEDOVA: Nun, Donatella, ich komme gleich zur Sache. Es gibt zwei Dinge, die wir besprechen müssen. Das erste wäre die Erb- und Rangfolge.

TELLA: *recht verdutzt* Was gibt es denn da zu klären?

CONTESSA VEDOVA: Die Norm sieht vor – und das ist auch in den Monarchien so –, dass jeweils der älteste Nachkomme, der Erstgeborene, Rang, Bürde und Werte übernimmt. In unserem Fall wäre das Genoveffa, die dann den Titel der Contessa della Rovere bekäme.

DON PEDRO: *erzürnt* Jetzt weiß ich, was euer Vorhaben ist.

CONTESSA VEDOVA: Still, Pedro. *An Tella* Es ist jedoch eine Notwendigkeit, dass du die Erste in der Erbfolge wirst, meine Liebe. Deshalb haben dein Vater und ich endgültig beschlossen, dass bei seiner Abdankung du die neue Contessa della Rovere wirst.

TELLA: *schweigt verblüfft*

DON PEDRO: Nein, das lasse ich nicht zu. *An die Gräfinwitwe* Schon einmal hast du deine Fäden in der Erbfolge gezogen, als du mich des Ranges entledigtest und Banco an die erste Stelle setztest. Und jetzt willst du Genoveffas Geburtsrecht missachten und Donatella eine Bürde auferlegen, auf die sie nicht vorbereitet wurde. Wie herzlos musst du sein, dass dir deine Machenschaften wichtiger sind als die eigene Familie.

CONTESSA VEDOVA: *erhebt sich von ihrem Sessel*
Unangenehme Stille.

CONTESSA VEDOVA: *kühl* Genoveffa selbst hat mir mitgeteilt, dass sie gerne auf die Erbschaft verzichtete. Und Donatella ist für die Pflichten, die ihr bevorstehen, mehr als nur bereit, weil sie unser aller Blut teilt. Du denkst, ich sei herzlos, Pedro, mein Sohn – aber in einer Welt voller Menschen, die ohne Herzen wandeln, kann man nicht herzlos sein.

DON PEDRO: *senkt seinen Blick, atmet schwer aus und macht einen Abgang*

Contes Banco eilt ihm hinterher. Die Gräfinwitwe setzt sich wieder.

TELLA: Veffa hat mir nicht gesagt, dass sie nicht die Erste in der Erbfolge sein möchte.

CONTESSA VEDOVA: Donatella, du bist eine starke junge Frau, du bist klug und geschickt und willens, alle deine Ziele zu erreichen. Ich bin zuversichtlich, dass du deinem zukünftigen Rang alle Ehre machen wirst. Und auf dein Verlangen werde ich dich unterstützen.

DON LIMBO: Hat es etwas mit deinem Abkommen zu tun, dass du Tella als Contessa sehen möchtest, Mutter?

CONTESSA VEDOVA: Wenn etwas nicht richtig ist, dann sehe ich es und ich werde alles Nötige tun, um es wieder richtig zu machen. Es dient dem Wohle der ganzen Familie und jener, für die wir die Verantwortung tragen.

TELLA: Ich gebe zu, ich bin sehr überrascht. Diese Botschaft bringt mich zum Nachdenken.

CONTESSA VEDOVA: Du wirst noch Zeit haben, über diese Neuerungen zu reflektieren. Und wenn wir schon über dein zukünftiges Amt reden, müssen wir auch über deinen zukünftigen Gemahl sprechen.

TELLA: Entschuldigung, was?

CONTESSA VEDOVA: *an Don Limbo und Donna Geltrude* Wäret ihr so freundlich und ließet uns eine Konversation unter vier Augen führen?

DON LIMBO: *steht auf* Aber natürlich.

Don Limbo und Donna Geltrude ab.

TELLA: *etwas erzürnt* Was soll mit meinem zukünftigen Gatten sein?

CONTESSA VEDOVA: Es ist nicht nötig, die Stimme zu heben, Donatella. Ich bin deine Großmutter. Und als solche muss ich dich noch eine Lektion lehren.

TELLA: Weißt du, was Selbstbestimmung bedeutet?

CONTESSA VEDOVA: Sicher doch. Es war beispielsweise Selbstbestimmung, als ich deinen Großvater, Michelangelo, zum Mann nahm. Es war Selbstbestimmung, als ich mich den Forderungen meiner Mutter widersetzte, die da hießen, ich solle einen Adelsmann heiraten, da alles andere eine Mesalliance wäre. Es war Selbstbestimmung, als ich mich aus Protest dazu entschied, mit siebzehn Jahren ein Kind zu bekommen.

TELLA: Onkel Pedro.

CONTESSA VEDOVA: Es war Selbstbestimmung, als ich mich dazu entschied, meinen jüngsten Sohn zu hassen und so streng zu erziehen, dass er mich auch hassen würde. Es war auch Selbstbestimmung, als ich es mir zur Lebensaufgabe gemacht habe, alle meine Pflichten wahrzunehmen. Ich weiß, was es bedeutet, aus eigener, machtvoller Entscheidung Lebenswege zu bestreiten. Alle falschen und auch die richtigen Entscheidungen, die ich in meinem Leben getroffen habe, haben mich eines gelernt: Leben ist nur dann Leben, wenn man seine Pflichten wahrnimmt, und nur dann ist es lebenswert. Auch du, Donatella, musst jetzt deine Pflichten wahrnehmen, als junge, unverheiratete Frau, als Contessa della Rovere und als Mensch.

TELLA: Und du kannst mir sagen, welche meine Pflichten sind?

CONTESSA VEDOVA: Nein, das musst du selbst herausfinden. Ich kann dich nur auf den richtigen Pfad leiten.

TELLA: Was muss ich tun?

CONTESSA VEDOVA: Du musst jetzt Stärke beweisen, Donatella. Ich weiß, du bist jung, neugierig und kosmopolitisch. Ich weiß von dem jungen Studenten und ich weiß, dass er dir viel Aufmerksamkeit und seine Hochachtung schenkt, aber vergiss nicht, wer du bist. Du musst deine Pflicht als zukünftige Contessa wahrnehmen, deine Pflicht, einen anderen zum Mann zu nehmen. Diese Heirat wird kein Akt der Liebe, sondern ein Akt der Strategie und der Sicherheit sein. Du musst deinen Nachkommen und den Nachkommen dieser Nachkommen eine stabile Herrschaft hinterlassen. Denn nur darin besteht deine Pflicht. Du darfst nicht nachgeben, Donatella. Jegliche Hingabe, jeglicher Verfall zu Emotion, Erregung und Eigenfreiheit führt dich nur in einen bis dahin unüberwindbaren Schlund der Selbstverzweiflung und der Existenzfrage. Donatella, sei die pflichtbewusste Frau, die du sein kannst, wirst und musst, sei die Frau, die ihrer Bestimmung folgt und jegliche Fehler wie eine Mauer durchbricht, sei die Frau, die diesem einen, nämlich ihrem Weg folgt, sei die eiserne Frau, die ich nie werden konnte.

TELLA: …

CONTESSA VEDOVA: Konntest du mir folgen?

TELLA: Ja. Und wer ist der Mann, den meine Pflicht als Gatten fordert?

Dritter Akt

Gipfelfall

Es ist Mittag. Die Verhandlungen der zweiten Versammlung der Tafelrunde sind vorbei. Jetzt ziehen sich ihre Mitglieder zurück. Genoveffa della Rovere ist von Ignazio Tedesco aufgehalten worden, der sie zur Abendterrasse bringt.

Erste Szene

Schauplatz: Abendterrasse. Genoveffa della Rovere und Ignazio Tedesco sprechen am Geländer miteinander.

VEFFA: Ja? Wieso hast du mich hierhergeführt?

IGNAZIO TEDESCO: Nun, mein Fräulein, mir hatte sich die simple Frage gestellt, ob Sie denn das Offensichtliche auch aussprechen würden.

VEFFA: Das Offensichtliche?

IGNAZIO TEDESCO: Ja, das Offensichtliche. Nehmen wir an, eine Gruppe von Menschen versammelt sich um einen Glaskrug – dieser ist kaputt. Würden Sie laut aussprechen, dass der Glaskrug kaputt ist?

VEFFA: Ich verstehe diesen Sachzusammenhang nicht, aber nein. Jeder sieht doch, dass der Glaskrug kaputt ist.

IGNAZIO TEDESCO: Und was wäre, wenn es eine Person gibt, die das nicht sieht, die nicht weiß, dass der Glaskrug kaputt ist. Würden Sie es dann aussprechen?

146

VEFFA: Sicher. Aber woher kann ich im Voraus wissen, dass die Person davon keine Kenntnis hat?

IGNAZIO TEDESCO: Ganz genau. Auch diese Frage habe ich mir gestellt. Und ich bin zu dem Umkehrschluss gekommen, dass ich es nicht sonderlich mag, das Offensichtliche auszusprechen.

VEFFA: Ignazio, worauf möchtest du hinaus?

IGNAZIO TEDESCO: *tritt Genoveffa näher* Auf das Offensichtliche.

VEFFA: Und was wäre das Offensichtliche?

IGNAZIO TEDESCO: Das, was ich nicht auszusprechen gewillt bin.

VEFFA: Dann kann ich dir nicht weiterhelfen.

IGNAZIO TEDESCO: *packt sie an den Schultern* Oh doch, Genoveffa, du bist viel zu klug dafür. Ahnst du es denn nicht?

VEFFA: Was soll ich ahnen?

IGNAZIO TEDESCO: Das Offensichtliche.

VEFFA: *lacht*

IGNAZIO TEDESCO: Dein Lachen ist mir von allen Dingen am willkommensten.

VEFFA: Du machst dich über mich lustig, Ignazio. *Lacht weiter*

IGNAZIO TEDESCO: Nein, ich versuche nur, dir das Offensichtliche klarzumachen, das ich offensichtlich dir gegenüber verspüre.

VEFFA: *hört auf zu lachen* Was verspürst du mir gegenüber? Und sage jetzt nicht, das Offensichtliche.

IGNAZIO TEDESCO: Was kann ein junger schöner Mann, wie ich es bin, einer jungen schönen Frau, wie du es bist, gegenüber offensichtlich verspüren?

VEFFA: Das Offensichtliche.

IGNAZIO TEDESCO: Verstehst du mich jetzt?

VEFFA: Ich denke, ja. Aber…

IGNAZIO TEDESCO: *lässt Genoveffa los* Aber ist das schlimmste Wort, das der Mensch erfunden hat.

VEFFA: Nein, aber ehrlich, Ignazio, wir kennen uns doch keinen Tag.

IGNAZIO TEDESCO: Und wenn ich dir sage, dass ich dich mehr als einen Tag kennen möchte? Was würdest du mir antworten.

VEFFA: Ist das… eine Einladung? Eine Einladung für das Offensichtliche?

IGNAZIO TEDESCO: *nickt* Eine Einladung für das Offensichtliche.

VEFFA: *lacht* In meinem Leben habe ich noch nie so oft „offensichtlich" gesagt.

IGNAZIO TEDESCO: Und?

VEFFA: Nun ja, bis jetzt konnte ich mir noch kein fertiges Urteil über dich bilden.

IGNAZIO TEDESCO: *tritt einen Schritt zurück und posiert* Dann mache dir ein Urteil.

VEFFA: *wird leicht rot* Nun ja, ich will ja nichts sagen.

IGNAZIO TEDESCO: Möchtest du mit mir heute Abend einen Rotwein auf der Terrasse trinken? Im Angesicht des Sonnenuntergangs?

VEFFA: *kehrt ihm den Rücken zu* Grundsätzlich hätte ich nichts dagegen... aber ich muss nochmal darüber nachdenken.

Verschwindet tapsend

IGNAZIO TEDESCO: *lächelt* Oh ja, ich möchte dich kennenlernen, Genoveffa della Rovere.

Laute Schritte, Getrampel und Streiterei ertönen und werden sukzessive lauter. Ignazio wird unsicher und versteckt sich hinter einer Bank.

Zweite Szene

Augusta Mussolini, Salvatrice Montanari, Aghatella di Moro und Julia Tedesco erscheinen hektischen Schrittes.

MONTANARI: Von dir hätte ich etwas mehr Weitsicht erwartet, Augusta. Aber dass du den Argumenten der Roveres glaubst, erstaunt mich herzlich wenig bei deiner Naivität und Idiotie.

AUGUSTA: *empört und höchst theatralisch* Salvatrice, wie kannst du es wagen?

MONTANARI: Ich wage es, weil dir anscheinend noch nie jemand gesagt hat, dass du nicht die hellste Birne auf der Welt bist.

AUGUSTA: *tränt leicht* Ich mag zwar oberflächlich erscheinen, Salvatrice, aber immerhin ist meine Seele rein und meine Hände nicht mit Sünde befleckt.

MONTANARI: *erzürnt* Eine gewagte Aussage, Augusta.

JULIA TEDESCO: Ich glaube, das geht etwas zu weit, Donna Salvatrice.

MONTANARI: *schießt einen scharfen Blick auf Julia* Du gehst gleich zu weit, Julia. *Zu Augusta* Und was dich angeht, überdenke noch einmal deine Position. Vergiss nicht, was du mir schuldest. Ich habe dir schon einmal aus einer prekären

Situation geholfen, jetzt zahlst du es zurück. Es ist ganz einfach, du musst einfach nur meiner Position zustimmen.

AUGUSTA: *wischt sich ihre Tränen mit einem Mouchoir ab* Ich schulde dir nichts. *Geht weg von ihr zum Geländer und betrachtet weiterhin tränend den Ausblick auf die Berge*

AGHATELLA DI MORO: Du weißt es, Augusta, du weißt, was die richtige Entscheidung ist. Du solltest dich Salvatrice anschließen.

AUGUSTA: Ich habe euch allen nichts mehr zu sagen. *Schluchzt.* Und jetzt tut mir den Gefallen und verschwindet. Ich brauche keinen Pak empörter Ehefrauen, die mir Vernunft abschlagen und Verwerflichkeit erzwingen. Ich kann euch nichts geben. Also geht.

MONTANARI: *schüttelt den Kopf* Kommt, meine Damen, mit dieser Verliererin haben wir nichts zu schaffen. Soll sie in ihrer Ödnis vertrocknen, man wird sie nicht vermissen.

Salvatrice Montanari und Aghatella di Moro verschwinden. Julia Tedesco zögert noch.

JULIA TEDESCO: Es tut mir leid, dass sie Sie so behandeln, Donna Augusta, wirklich.

AUGUSTA: Danke. Aber jetzt möchte ich wirklich allein gelassen werden.

Julia Tedesco nickt verständnisvoll und verschwindet. Augusta
ergeht in heftigen Tränen. Ignazio Tedesco, der immer noch hinter
der Bank versteckt ist, scheint helfen zu wollen, hält sich aber
zurück und hört dem Weinen Augustas zu.

AUGUSTA: *schluchzend* Liebe Freunde sind das, liebe
Freunde.

Ignazio Tedesco scheint sich nun doch dazu entschlossen zu haben,
und möchte aufstehen, doch als erneut hektische Schritte ertönen,
bleibt er in seinem Versteck.

AUGUSTA: Wenn du das bist, Salvatrice, dann erwarte von
mir keine Entschuldigung.

MÄNNLICHE STIMME: Ich bin nicht Salvatrice.

Aus seinem Versteck heraus sieht Ignazio nur Augusta.

AUGUSTA: *dreht sich um* Ach, Sie sind es nur. Würden Sie
mir möglicherweise einen Sauvignon bringen?

MÄNNLICHE STIMME: Sicher. Möchten Sie noch etwas? Sie
wirken sehr betrübt, meine Dame. Brauchen Sie etwas Trost?

AUGUSTA: *grinst und tränt zugleich* Trost? Das können Sie
mir nicht geben, aber der Sauvignon vielleicht.

Ein Bediensteter steht nun vor Augusta und Ignazio hat freie Sicht
auf beide.

AUGUSTA: *leicht keck* Wollen Sie ihn nicht holen, oder gefällt
es Ihnen, mich mit Tränen in den Augen anzugucken?

BEDIENSTETER: *packt Augusta an den Schultern*

AUGUSTA: Nanu, das schickt sich nun wirklich nicht für einen Diener.

Aus seinem Versteck heraus betrachtet Ignazio, wie der Bedienstete Augusta Mussolini näherkommt, sie nach hinten drängt, nah ans Geländer, und nach einem sekündlichen Augenblinzeln hinunterstößt. Nur Ignazio schreit auf und springt aus seinem Versteck, sodass der Bedienstete selbst erschrickt und erstarrt. Dann ereilt diesen eine Ernsthaftigkeit, durch deren Kraft der Bedienstete auf Ignazio stürmt und zu Boden bringt.

Dritte Szene

Schauplatz: Ballsaal. Tella bewegt sich durch die Tische auf das Podium zu. Ein Flügel royal steht dort. Contes Banco hastet ihr hinterher.

CONTES BANCO: So warte doch, Tella.

TELLA: *bleibt stehen* Ist es wirklich meine Pflicht? Einen Mann zu heiraten, den ich weder kenne noch liebe? Wieso muss meine Pflicht gegen meine Gefühle spielen?

CONTES BANCO: Vieles wird von uns verlangt, Tella. Auch dass wir Entscheidungen treffen, die uns mehr als zuwider sind oder die wir gar vermeiden möchten. Deine Großmutter mag eine strenge alte Dame sein, aber wenn du ihre Worte reflektierst, wirst auch du erkennen, dass deine Pflichten so aussehen, wie sie aussehen.

TELLA: Will denn niemand wissen, was ich über diese Pflichten denke, ob ich diese Pflichten überhaupt haben wollte?

CONTES BANCO: Als dein Vater bin ich mehr als bemüht, dir bei allem zur Seite zu stehen. Aber du musst erst die Wahrheit erkennen und zulassen, bis dir irgendjemand helfen kann. Hilfe beginnt mit Selbsthilfe.

TELLA: Das ist nicht gerade ermutigend, Vater. Das hört sich nach einer Rechtfertigung an, um mich im Stich zu lassen.

CONTES BANCO: *nimmt Tellas Hand* Deine Familie wird immer an deiner Seite sein, deine Großmutter, deine beiden Onkel, deine beiden Schwestern und ich, jeder von uns, wir werden dich immer unterstützen, immer schützen und immer lieben, bis dass der Tod uns entzweit und darüber hinaus.

TELLA: Wieso fühle ich dann nichts von dieser Hilfe, nichts von dieser Liebe?

CONTES BANCO: Die Welt ist ein grausamer Ort, Tella, und manchmal ist die Realität zu mühsam und belastend, dass sie die Liebe übertrumpft und Ernsthaftigkeit und Härte undurchsichtig erscheinen. Denke nicht, dass wir dich nicht lieben. Aber sei dir immer der Tatsache bewusst, dass in dieser grausamen Welt deshalb auch jeder von uns Ernsthaftigkeit und Härte zeigen muss – auch du.

TELLA: Von Großmutter und dir höre ich immer nur „muss". Ich muss dies, ich muss jenes. Ich muss sogar müssen. Und wenn ich etwas will oder vielleicht nicht will?

CONTES BANCO: Müssen und Wollen können nicht miteinander auf die Waage gelegt werden. Müssen setzt Pflicht und ein Pflichtbewusstsein voraus, während Wollen subjektiv und an die eigenen Vorstellungen, Wünsche und Hoffnungen gebunden ist.

TELLA: Aber wenn ich etwas muss, bedeutet es nicht, dass ich es auch will.

CONTES BANCO: Und wenn du etwas willst, bedeutet dies nicht, dass du es auch musst. Du musst objektiv denken, Tella, und akzeptieren, dass die Gegebenheiten so sind, wie sie sind.

TELLA: Was ist das Gegenstück?

CONTES BANCO: Das Gegenstück?

TELLA: Was ist das Gegenstück zu alldem, zu dem Individuum, das der Pflicht ergeben ist und die Persönlichkeit verraten und vergessen hat?

CONTES BANCO: Es gibt kein Gegenstück, weil dieses Individuum absolut ist. Pflicht und Persönlichkeit sind hier transzendent, sie sind ein und dasselbe.

TELLA: Es muss doch eine Wahl geben, es muss doch noch so etwas wie Freiheit oder Sündhaftigkeit geben.

CONTES BANCO: Nein. Freiheit, Selbstbestimmung, Sünde sind nicht real, sie sind jene erfundenen Instrumente, die die Abkehr des Lebens bezwecken, die Pflicht und Persönlichkeit trennen und völlig pervertieren. Darin besteht der Sinn des Lebens, sich gegen die Abkehr durchzusetzen mit Härte und Verstand.

TELLA: Sich gegen Freiheit, Selbstbestimmung und Sünde durchsetzen?

CONTES BANCO: Ganz genau. Denn sie sind nicht real. Und in der Realität darf man es sich nicht leisten, in der Unwirklichkeit zu leben.

TELLA: …

CONTES BANCO: Bedenke noch einmal die Worte deiner Großmutter, und auch meine. Du wirst schon sehen, Tella, du wirst schon sehen.

Contes Banco lässt Tellas Hand los und umarmt sie. Tella tränt.

CONTES BANCO: Du bist eine starke Frau, deinen Weg wirst du erkennen.

TELLA: *wispernd* Mein Weg…

CONTES BANCO: Ich gehe nun, Tella. Ich muss etwas mit deiner Großmutter besprechen.

Contes Banco lässt Tella los und geht fort. Tella bleibt wie eingefroren. Dann besteigt sie das Podium und betrachtet Gedanken versunken den Flügel. Schließlich setzt sie sich.

TELLA: Wie heißt es doch so schön? Musik ist für all jene, die vom Leben gebrochen wurden. *Legt ihre Hände auf den Tastaturdeckel. Dann öffnet sie ihn und betrachtet das Weiß und Schwarz der vielen Tasten.*

Nach einem kurzen Atemzug legt sie ihre Hände auf der Tastatur

an – und beginnt zu spielen.

Ein markanter Einstieg mit a, h, d. Es ist das Stück eines

berühmten russischen Komponisten, eines Jugendfreundes –

Rachmaninow ist der Name.

Im piano pianissimo folgen Akkorde, mehrere Akkorde, alternierend

und im Andante. In jeder Wiederholung in den folgenden Takten

und auch in jeder Variation, von neuem, mehr und mehr Emotion.

Ein Zusammenspiel aus sanfter und doch großer Virtuosität,

heimlicher Passion und voll dissonanter Melancholie.

Bis ein schnelleres Spiel der Akkorde, eng und beinahe ineinander

verflochten, zu einem verwirrten, trauernden Tenor überleitet. Eine

unerwartet ununterbrochene Tonfolge im Agitato, kaum zu

überschauen, ohne Anhaltspunkt, ohne Ende. Und ein crescendo,

das die Welle wie eine Flut wirken lässt, die in völliger Ekstase

flutet und strömt, bis es sich zu einem fortissimo und in schneller

Bälde zu einem forte fortissimo wälzt.

Als sie jedoch in einem kurzen Augenblick absteigt, die Flut, und

für den Moment eine Ebbe scheint, erhallen vier Akkorde im

sforzatissimo forte und eröffnen das krönende Wutgetöse in einem

nie gekannten forte fortissimo in doppelter Ausführung, nein,

vierfacher Ausführung, dass selbst die Grenzen zwischen Trauer

und Zorn und Leid sich hier überlappen und schwinden, bis die

Flut überflutet und in ein sanfteres diminuendo verfällt, bis zum

Schluss der Trieb und die Wallung ihr ausklingendes Ende finden –

und der Ton der leis erzürnten Wehmut im Ballsaal nachhallt.

Leicht erstarrt sitzt sie nun da vor dem Flügel. Ihre Hände zittern,

doch es gibt nichts zu bedauern. Hector steht bereits seit einer Weile

in der Mitte des Saals.

HECTOR: Ich habe dich nie spielen gehört.

Tella springt auf und stützt sich am Flügel.

HECTOR: Entschuldige, dass ich dich erschreckt habe. Ich
wollte dich nicht stören.

TELLA: *richtet ihre Haare* Schon gut. Es war sowieso nichts.

HECTOR: Nichts? Ich kenne dieses Stück nicht, aber du hast
es gespielt, als wären alle deine Emotionen hineingeflossen,
du hast es nicht gespielt, du hast es gelebt.

TELLA: Das ist richtig. All meine Emotionen sind dort
hineingeflossen.

HECTOR: Wieso sagst du das so kühl?

TELLA: *steigt vom Podium hinab* Hector, du hattest recht –
damit, dass sich etwas verändern würde. Du hast es gespürt.
Und es hat sich etwas verändert.

HECTOR: *wird ernst*

TELLA: Besser gesagt, ich habe mich verändert.

Möglicherweise hast du es schon mitbekommen: Großmutter und Papa sind hier.

HECTOR: Ja, die Nachricht hat viele etwas überrascht.

TELLA: Sie haben mir klargemacht, wer ich bin, Hector. Und sie haben mir gezeigt, wo meine Prioritäten liegen.

HECTOR: Was bedeutet das?

TELLA: Wir mögen uns, Hector, du magst mich und ich mag dich.

HECTOR: *tritt näher an sie heran* Du weißt, dass es mehr als das ist.

TELLA: Wir mögen uns, Hector, aber wir müssen einsehen, dass unser beider Schicksal kein gemeinsames ist.

HECTOR: *erzittert kurz im Gesicht*

TELLA: Ich habe meine Pflichten und du hast die deine. So ist es auch meine Pflicht, Stabilität in meine Familie zu bringen.

HECTOR: *tritt mehrere Schritte zurück*

TELLA: Hasse mich nicht, es würde dir nicht guttun. Am besten, du vergisst mich schlicht und einfach.

HECTOR: *mit starkem Zittern in der Stimme* Wie kannst du das sagen? Wie kannst du das sagen? Donatella, wir lieben uns doch!

TELLA: Unsere Wege müssen getrennt sein, Hector. Es ist ein Muss. Vergiss es einfach, vergiss mich, vergiss uns.

HECTOR: *emotionaler Schock*

TELLA: Ich werde es nämlich auch tun.

HECTOR: *schluchzt* Jemanden vergessen zu wollen, den man liebt, ist wie der Versuch, sich an jemanden zu erinnern, den man nie traf. *Beginnt zu weinen*

TELLA: *senkt ihren Blick* Bitte gehe jetzt, Hector.

HECTOR: *weint*

TELLA: *schließt ihre Augen* Bitte gehe jetzt.

HECTOR: *hält kurz inne* Ich werde dich immer lieben, Donatella, ich bin mit dem Glück beschenkt, dich immer zu lieben... aber es ist ein Fluch auf ewig, wenn du eine Mauer vor uns errichtest, ein Fluch auf ewig.

TELLA: *eine Träne fließt die Wange hinunter* Bitte gehe jetzt, Hector.

HECTOR: *wischt sich Tränen aus den Augen* Und vergesse nie, dass ich dich immer bewundert habe und bewundern werde – und in meinem Leben gab es nie einen Menschen, vor dem ich mehr Respekt hatte als vor dir.

Hector setzt einen Fuß hinter den anderen, geht langsam auf die Knie – und verbeugt sich.

HECTOR: *flüsternd* Ich werde dich lieben... immer.

Hector erhebt sich. Geht.

Tella bleibt erstarrt in der Mitte des leeren Saals. Ein Moment der Stille, des Schweigens und Innehaltens.

TELLA: Pflicht und Anstand, Vernunft und Moral, Eigenständigkeit und Freiheit, Inbrunst und Sünde. Was macht verwerflich, das anständig war, und was schadet der Wirklichkeit die Liebe. Was kennt seine Grenzen, das endlos ist, und was sieht den Weg, den es zu beschreiten gilt. Was wirkt und was bewirkt, ohne einen Einfluss zu haben und gleichsam den entscheidenden Unterschied zu machen.
Sie hält kurz inne.

TELLA: … mein Wille. Ein starrer, unablässiger Blick, gerichtet auf jenes, was gerichtet werden soll. Ein entschiedener Atemzug so kalter Luft, dass die Innereien gefrieren zu Eise, aber das Innere glüht wie Feuer und Flamme. Ein gewagter Schritt nach vorn, der nicht Mut, sondern Härte erfordert. Ein Wille, mein Wille, nur mein Wille. Nur mein Wille, der willens ist, das zu vollbringen, was sich als Pflicht herausstellt, als meine Pflicht.
Entschiedenen Schrittes bewegt sie sich nun auf das Podium zu.

TELLA: Ich will sie sein, die Frau aus Stahl und Eisen.

Don Pedro erscheint im Ballsaal, etwas empört, aber erleichtert, Tella zu sehen.

DON PEDRO: Tella, da bist du ja. Ich muss mit dir reden.

TELLA: *besteigt das Podium* Ich bin gerade in Gedanken versunken, Onkel Pedro, vielleicht können wir das Gespräch verschieben.

DON PEDRO: Hör mir zu, es ist wichtig, dass du den Worten deiner Großmutter nicht allzu große Beachtung schenkst.

TELLA: Ich fürchte, es ist zu spät.

DON PEDRO: Was? Rede keinen Unsinn. Mutter ist stur und dickköpfig, sie verwechselt persönliche Interessen mit Pflicht und will jetzt, dass du genau das tust, was sie von dir verlangt.

TELLA: Nein, du liegst im Unrecht.

DON PEDRO: Bitte?

TELLA: Ich werde genau das tun, was ich von mir verlange, und ich verlange von mir, meine Pflichten wahrzunehmen.

DON PEDRO: Tella, ich weiß, wie es sich anfühlt, von der Familie unter Druck gesetzt zu werden. Ich kann nachempfinden, dass in deinem Innern ein Zwist herrscht, zwischen der leidenschaftlichen Tella, die ihrem Temperament freien Lauf gewährt und auf ihre Gefühle hört, und der disziplinierten Donatella della Rovere, der

Grafentochter und Prinzessin, die ihren Willen mit eiserner Faust durchsetzt, die deine Großmutter in dir sehen will.

TELLA: Ich verstehe jetzt, was Großmutter gemeint hat, als sie von Selbstbestimmung gesprochen hat.

DON PEDRO: Ich verstehe nicht ganz.

TELLA: Ich verstehe, wieso sie Vater zum Conte aufsteigen ließ und nicht dich, den Erstgeborenen, oder Onkel Limbo, obwohl sie diesen mit Hass und Härte erzogen hat mit dem Ziel, ihn zu einem harten Mann zu formen. Du, Onkel, bist ein Freigeist und viel zu emotional, Onkel Limbo ist ein Schwächling, man sieht es ihm an.

DON PEDRO: *schweigt*

TELLA: Aber auch Vater ist nicht perfekt. Großmutter hat eingesehen, dass sie ihren Pflichten nicht konsequent genug nachgegangen ist, sie hat ihr Ziel nicht erreicht. Deshalb muss ich es an ihrer Statt tun.

DON PEDRO: *senkt sein Haupt und schweigt weiterhin*

TELLA: Ich begrüße deinen Wunsch, mich von dem Weg abzubringen, den ich nun beschreiten werde, den Weg der Pflicht. Aber es ist vergebens, Onkel, ich habe entschieden und meine Entscheidung ist endgültig. Du bist machtlos.

DON PEDRO: Ich bedauere sehr, dass es dazu gekommen ist. Von Anfang an war alles falsch, und Großmutters Auftritt hat die Mauer zu Fall gebracht.

Don Pedro geht fort.

TELLA: Ich bedauere nicht.

Vierte Szene

Schauplatz: Ein Flur des Schlosses, der Ballsaal, Speisesaal und Entrée-Halle verbindet. Pedro geht Kopf schüttelnd in Richtung südliches Treppenhaus. Taddeo und Julia Tedesco kommen ihm entgegen.

DON PEDRO: *seufzt in Gedanken versunken*

DON TADDEO: Pedro, was soll der traurige Gesichtsausdruck?

DON PEDRO: Thaddäus, du?

DON TADDEO: Wer denn sonst?

DON PEDRO: Verzeih mir, ich bin etwas aufgewühlt. *An Julia Tedesco* Hallo.

JULIA TEDESCO: *nickt*

DON TADDEO: Sag mal, Pedro, du hast nicht zufällig unseren Ignazio gesehen?

JULIA TEDESCO: Er war nach den Verhandlungen mit Donna Genoveffa verschwunden.

DON PEDRO: Ich weiß, wo Genoveffa ist, aber euer Sohn ist nicht bei ihr.

JULIA TEDESCO: Wirklich?

DON PEDRO: Wenn ihr mir nicht glaubt, dann fragt meine Nichte selbst, sie ist im Garten bei ihrer Schwester.

JULIA TEDESCO: *zu Don Taddeo* Ich gehe zu ihr, vielleicht weiß sie etwas.

Julia Tedesco ab.

DON TADDEO: So, Pedro.

DON PEDRO: Nehme dir nicht allzu viel Zeit zum Entspannen, Thaddäus. Wir müssen uns immer noch unterhalten.

DON TADDEO: Gibt es denn noch etwas zu klären? Unsere Abmachung war doch ganz einfach. Ich habe es dir versprochen und werde mein Versprechen einhalten.

DON PEDRO: Nur leider haben mich die Jahre etwas anderes gelehrt und ich vertraue nicht mehr auf Versprechen anderer. Zwinge mich nicht, dir zu drohen, verstehst du mich?

DON TADDEO: Übertreibe nicht. Ich habe meine Aufgabe verstanden: So lange auf Limbos Seite stehen und im letzten Augenblick eine Kehrtwende machen.

DON PEDRO: Übe dich in Vorsicht, Mamma ist hier und sie sieht alles, was sich in den Schatten dieser Hochburg abspielt. In ihrer Gegenwart werden sich alle Geheimnisse lüften.

DON TADDEO: Dann muss das alles so schnell wie nur möglich vonstattengehen.

DON PEDRO: Haargenau. Entschuldige mich jetzt, ich muss mit jemandem sprechen.

DON TADDEO: Dir auch einen angenehmen Nachmittag.

Fünfte Szene

Schauplatz: Damensalon. Donna Geltrude sitzt auf der Ottomane, Don Limbo steht am Fenster und trinkt ein Glas Cognac.

DONNA GELTRUDE: Sie hat uns buchstäblich entmachtet, Limbo.

DON LIMBO: Ja, ich weiß. Und wenn Mutter hier ist, dann muss die Lage tatsächlich noch viel schlimmer sein, als wir dachten.

DONNA GELTRUDE: Wieso das?

DON LIMBO: Es sieht Mutter ähnlich, die kleinen Teilaufgaben an ihre Bauern auf dem Schachbrett zu verteilen und selbst mit den Schwerfiguren zu spielen. Wenn sie einen Fehler sieht, kann sie sogar persönlich einschreiten – und alles unter Kontrolle bringen.

DONNA GELTRUDE: Aber das bedeutet auch, dass die Chancen auf eine erfolgreiche Wiedervereinigung nun größer sind, nicht? Jetzt wo das Meisterhirn die Fäden in den Händen hält.

DON LIMBO: Nun… das muss nicht sein. Das schlimme ist doch nun wieder, dass ich nichts bewirken konnte – in ihren Augen bin ich immer noch derselbe Schwächling geblieben, wie in meiner Jugend.

DONNA GELTRUDE: *schmunzelnd* Du kennst doch deine Mutter, sie beschimpft doch jeden. Lege ihre Worte nicht zu sehr auf die Waagschale, Limbo.

DON LIMBO: Es ist dennoch unerträglich.

DONNA GELTRUDE: Und außerdem, in meinen Augen bist du kein Schwächling. Du hast große Stärke bewiesen, indem du es überhaupt geschafft hast, die Verhandlungen einzuleiten.

DON LIMBO: Du schmeichelst mir, mein Schatz. Doch ich fürchte – wie es üblich ist in meiner Familie –, dass ich mich hiermit nicht zufriedengeben kann. Mein Einfluss in dieser Geschichte, in diesem Schloss, ist dahin – ich besitze keine Bedeutung mehr für die weiteren Schritte.

DONNA GELTRUDE: Einen Vorteil hat dies aber durchaus.

DON LIMBO: Tatsächlich?

DONNA GELTRUDE: Du wirst nicht zu Rechenschaft gezogen, sollte die Wiedervereinigung scheitern. Wir beide werden unschuldig sein – und deine Mutter wird eine große Niederlage hinnehmen müssen, eine Niederlage, die sie allein sich selbst verdanken können wird.

DON LIMBO: *ernst* So opportunistisch kenne ich dich nicht. *Grinst* Aber du hast völlig recht.

Sechste Szene

Schauplatz: Vor der Türe des Büros des Mafiafürsten. Tella steht davor.

TELLA: *atmet tief ein, hebt ihre Hand und klopft*

STIMME DER CONTESSA VEDOVA: *etwas verdrossen* Kann das nicht warten?

TELLA: Ich bin es, Großmutter.

STIMME DER CONTESSA VEDOVA: *erfreut* Ach verzeih, Liebes, tritt ein!

Tella öffnet die Tür. Im Büro sitzen Nena della Rovere, die Gräfinwitwe, auf dem Sessel am Bureau, und Aghatella und Victor di Moro auf den Stühlen vor ihr, Geronimo di Moro steht neben der Contessa und unterzeichnet ein Papier auf dem Tisch.

CONTESSA VEDOVA: *schmunzelnd* Komm, du bist zur rechten Zeit hier.

Tella betritt den Raum und sieht Geronimo aufmerksam beim Unterschreiben zu.

AGHATELLA DI MORO: Victor und ich sind hocherfreut, dass du dich für das Richtige entschieden hast, Donatella.

Sieht erwartungsvoll ihren Gatten an

VICTOR DI MORO: *unbeholfen* Äh ja, natürlich. Hocherfreut.

CONTESSA VEDOVA: Das Rechtliche ist bereits ausgehandelt und brauchst du nicht mehr zu beachten. Deine einzige Aufgabe ist es nun, hier auf dem Papier zu unterzeichnen, *zeigt auf das Papierdokument* neben Geronimos Signatur.

TELLA: *tritt dem Tisch und Geronimo etwas misstrauisch näher*

AGHATELLA DI MORO: Die Namensänderung werden wir mit dem Amt noch einmal bereden – aber alles ist wirklich in bester Ordnung.

TELLA: Welche Namensänderung?

CONTESSA VEDOVA: *bemerkt die kritische Lage*

AGHATELLA DI MORO: Du wirst selbstverständlich den Namen deines Gatten annehmen – di Moro. So wie es sich in jeder zivilisierten Ehe gehört.

TELLA: *sehr selbstbewusst* Ich kann vieles sein, Donna Aghatella, aber noch lange keine di Moro. Auch wenn ich nun dieses Papier unterzeichne, bleibe ich eine della Rovere. Da gibt es nichts zu verhandeln.

CONTESSA VEDOVA: *zu Aghatella* Nun, möglicherweise könnten wir dieses Thema auf ein andermal verzögern, nicht?

TELLA: Es bleibt so, wie ich es sage, verstanden?

CONTESSA VEDOVA: *gibt sich recht widerwillig, aber bescheiden geschlagen*

AGHATELLA DI MORO: Du darfst mich von nun an Aghatella nennen. *Sieht ihren Gatten an*

VICTOR DI MORO: *weiterhin recht unbeholfen* Äh, und mich Victor.

CONTESSA VEDOVA: Okay, ich glaube, wir haben das verstanden. *Zu Tella* Die formelle Hochzeit findet natürlich nach den jetzigen Ereignissen statt – und in Syrakus, also darfst du dich auf die Heimat freuen.

TELLA: Ich bin mir nicht sicher, ob ich mich auf die alten Landstriche der Heimat freue, geschweige denn auf die Menschen.

GERONIMO DI MORO: *recht eilend* Können wir jetzt bitte weitermachen?

TELLA: Beruhige dich, Geronimo, ich bin gerade dabei, einen Vertrag zu unterzeichnen, der mich mein Leben lang an dich bindet, obwohl wir uns gar nicht kennen.

CONTESSA VEDOVA: Ihr kennt euch aus Kindertagen.

TELLA: Ja, wenn mal wieder eine Ururgroßtante eines berüchtigten Mafiafreundes den Löffel abgegeben hat oder große Hochzeiten gefeiert wurden, da haben wir uns mal gesehen oder eine Falsche Wasser geteilt.

CONTESSA VEDOVA: Du übertreibst.

GERONIMO DI MORO: *an seine Mutter* Ich dachte, die Abmachung sei längst getroffen worden. Wieso zögert sie?

AGHATELLA DI MORO: *möchte etwas sagen, wird aber unterbrochen*

TELLA: Geduld, Geronimo. Ich unterzeichne schon.

Nena della Rovere gibt Tella einen Stift. Diese sieht sich das Dokument an.

TELLA: Hier unterschreiben, neben Geronimos Signatur?

CONTESSA VEDOVA: Ja.

Tella unterzeichnet arabeskenhaft.

AGHATELLA DI MORO: *klatsch in die Hände* Gratulation.

Die Gräfinwitwe und Victor di Moro klatschen ebenfalls. Geronimo und Donatella sehen sich an.

GERONIMO DI MORO: Darf ich dich küssen?

TELLA: *wird stark rot* Du darfst mich jetzt höchstens umarmen.

GERONIMO DI MORO: *umarmt Tella mit breiten Armen*

VICTOR DI MORO: Schön!

Es wird immer noch geklatscht. Nach einer kleinen Weile löst sich Donatella von Geronimos Umarmung.

TELLA: Wenn es nun vollbracht ist, ziehe ich mich in mein Gemach zurück. Ich benötige etwas Denkzeit.

GERONIMO DI MORO: Denkzeit? Wir müssen jetzt feiern, den Champagner rausholen!

AGHATELLA DI MORO: Nicht so hastig, mein Junge. Lass sie ruhig denken, es ist schließlich der Beginn einer neuen Etappe – einer Etappe voll Liebe, Freude und Vertrauen.

TELLA: Es ist auf jeden Fall eine Etappe mit ihren Pflichten.

Sieht ihre Großmutter an

CONTESSA VEDOVA: *nickt*

Donatella verlässt den Raum.

AGHATELLA DI MORO: *zur Gräfinwitwe* Ist denn wirklich alles in Ordnung mit ihr?

CONTESSA VEDOVA: Sicher doch.

GERONIMO DI MORO: Mir scheint es aber anders.

CONTESSA VEDOVA: Ihr alle müsst ihr etwas Zeit geben. Sie hat erst jetzt begriffen, dass ihr Leben, wie sie es kannte, nicht das ganze Leben war – und dass ihr Höheres bevorsteht.

AGHATELLA DI MORO: So ist es.

GERONIMO DI MORO: *hebt kurz die Schultern*

AGHATELLA DI MORO: Wäre das alles, Contessa della Rovere?

CONTESSA VEDOVA: Aber ja doch. Die Finanzen sind geklärt, die Geschäfte sind geklärt – unsere Familien sind jetzt ein starkes und stabiles Bündnis.

AGHATELLA DI MORO: So ist es. Ich kann es kaum erwarten, mit den Roveres zusammenzuarbeiten.

GERONIMO DI MORO: Stimmt es, dass die Roverefamilie bankrott ist?

AGHATELLA DI MORO: *schießt einen scharfen Blick auf ihren Sohn*

CONTESSA VEDOVA: Nicht im Geringsten. Unsere Familien werden von jetzt an kooperieren, das ist alles.

AGHATELLA DI MORO: Das betrifft auch die Frage der Wiedervereinigung.

CONTESSA VEDOVA: Nur müssen wir Montanari irgendwie aus dem Weg bekommen – ich hörte, sie sei ein harter Brocken.

AGHATELLA DI MORO: Der Härteste von allen. Sie wird uns ein Dorn im Auge sein. Denn auch die Gattin Tedescos scheint ihr noch Rückhalt zu geben. Tedesco selbst und Cutrera sind eher neutral.

CONTESSA VEDOVA: *recht überrascht* Cutrera? Der ist auch hier?

VICTOR DI MORO: Stellvertretend für die Corleonesi.

CONTESSA VEDOVA: Konnten die etwa nicht selbst kommen? Das ist ja mehr als fraglich, was sie sich dabei gedacht haben, Cutrera zu schicken.

AGHATELLA DI MORO: Aber Limbo, Euer Sohn, hat doch jeden von uns eingeladen.

Siebente Szene

Schauplatz: Zimmer 105, Donatella della Roveres Gemach.

Tella tritt ein und lässt die Tür hinter sich zufallen. Im Spiegel sieht sie sich selbst, wie sie an der Tür steht, ihre Augen rötlich und tränend, und wie sie ihre Arme um sich selbst geschlungen hat, als würde sie sich selbst umarmen.

TELLA: *zu ihrem Spiegelbild* So sieht es also aus. So fühlt es sich an, seine Pflicht zu tun. Wollte ich das nicht immer, vernünftig sein, alles tun, was richtig ist und was getan werden soll?

Sie geht nun auf ihr Spiegelbild zu, wie auch dieses auf Tella zugeht.

TELLA: Ist es nicht interessant? Das Spiegelbild. Es zeigt mich selbst, so wie ich bin, wie ich aussehe, was ich trage, was ich tue und selbst wie ich mich fühle, ob ich weine, ob ich zornig bin oder ermüdet – es zeigt mich selbst, aber es zeigt mich genau umgekehrt.

Sie steht nun unmittelbar vor dem Spiegel und berührt mit ihrer rechten Hand die linke Hand des Spiegelbildes.

TELLA: Rechts ist links, Osten ist Westen – es ist ein und dasselbe, aber es ist nicht identisch, das Spiegelbild bin ich und ich bin das Spiegelbild, aber nur entgegengesetzt. Eine Antithese von Sein und Schein und Schein und Sein – ein

178

verlockender Aufruf, im Schein zu leben, um das Sein zu überwinden und das Schein zum Sein zu machen.

Sie berührt nun den Spiegel dort, wo sich das Gesicht ihres Spiegelbildes befindet.

TELLA: Aber genau das ist es: Bei all seiner Plastizität und Echtheit hat es doch kein Relief. Es ist eine kalte, harte Wand, eingerahmt in ihren Grenzen. Und man versteht, dass dieser Aufruf, diese Realität des Spiegelbildes, existiert, aber irreal ist, eine tiefsinnige Illusion dessen, was wir eigentlich hätten sein können oder sein wollen. Die Realität, die Echtheit, ist im Hier und Jetzt, sie kennt den Rahmen nicht und hat weder Glätte noch Härte und Kälte. Sie hat Oberfläche, sie hat Höhen und Tiefen, in ihr erinnert die Vergangenheit, lebt die Gegenwart und hofft die Zukunft.

Sie holt nun aus und schlägt auf ihr Spiegelbild ein. Der Spiegel ist in mehrere Scherben zertrümmert. Ihre Hand blutet.

TELLA: Und sie kann zerstört werden – denn das Spiegelbild ist selbst in Scharen von Scherben ein und dasselbe, die Realität aber nicht. Die einzige Richtschnur, die uns bleibt, um zu verhindern, dass sie in Scherben zertrümmert und zerstört wird, ist die Realität selbst. Wirkliches rettet Wirkliches.

Sie betrachtet nun ihre verletzte Hand – Blut fließt ihren Arm hinunter und tropft auf den Boden.

TELLA: Das ist Realität. Verletzlichkeit. Es wird Zeit, vor dieser Realität nicht mehr wegzulaufen, es wird Zeit, sie wahrzunehmen und ihr erhobenen Hauptes in die Augen zu blicken…

Sie sieht nun wieder in die Augen ihres Spiegelbildes.

TELLA: … um Stärke zu beweisen.

Sie geht zu ihrem Bett, greift die Decke und überdeckt den Spiegel damit.

TELLA: Jetzt weiß ich, wer ich wirklich bin.

Achte Szene

Der Gong zum Abendessen ertönte. Die Herrschaften versammeln sich nun im Speisesaal. An einem nun etwas minimiertem Tisch sitzen an einer Seite v. l. n. r. Benito Mussolini, Taddeo Tedesco, Salvatore Cutrera, Don Pedro, Don Limbo, Donna Geltrude und Veffa, und ihnen gegenüber v. l. n. r. Geronimo, Victor und Aghatella di Moro, Salvatrice Montanari, Nena della Rovere, Gräfinwitwe, Contes Banco und Lanna. Alle sitzen schweigend und essen.

CUTRERA: Wir sind heute aber stark dezimiert – hat man denn keinen Hunger?

DON TADEO: *richtet etwas erzürnt die Gabel auf Cutrera* Dünnes Eis, Cutrera. Mein Sohn ist verschwunden und meine Frau ist ihn suchen gegangen – jetzt fehlt sie ebenfalls. Aber anscheinend schert das niemanden.

CONTESSA VEDOVA: Was?

BENITO MUSSOLINI: Und meine Tante habe ich seit den Verhandlungen nicht mehr gesehen.

VEFFA: Und wo ist Tella eigentlich?

DONNA GELTRUDE: *an Don Limbo* Weißt du, wo Massimo geblieben ist?

DON PEDRO: Tellas Freund, dieser Hector, ist wohl auch nicht da.

GERONIMO DI MORO: Dieser ist auch nicht von Bedeutung.

CONTESSA VEDOVA: So, jetzt machen wir alle erstmal halblang. *An Taddeo* Über den Verbleib Ihrer Frau und Tochter, ich meinte Sohn, werden wir uns kümmern. *An Benito* Und auch werden wir herausfinden, wo sich Signora Mussolini versteckt hat. *An Veffa* Deine Schwester ist in ihrem Gemach, sie erholt sich ein wenig. *An Geltrude* Massimo hilft gerade Huarte aus, er hat es mir erzählt. Wenn jetzt alle wieder zufrieden und glücklich sind, dürfen wir dann weiter essen?

DON TADDEO: Zeigt mir einen Mann, Eure Exzellenz, der zufrieden am Esstisch sitzt und Geflügel mit Weißwein speist, während seine Frau und sein Sohn verschwunden sind. *Legt Messer und Gabel dezent, aber wütend auf dem Teller ab* Ich bin nicht so ein Mann. Bitte entschuldigt mich, Contessa. *Steht vom Tisch auf und geht fort*

DON PEDRO: *steht auch auf* Aber Thaddäus!

CONTESSA VEDOVA: Lass nur, würden wir nicht alle genauso empfinden wie unser geschätzter Taddeo Tedesco? Und außerdem, wo sollen sie schon sein? Sie sind doch nicht von der Terrasse gesprungen. *Lacht leise*

BENITO MUSSOLINI: Und hat jemand meine Tante gesehen? Es kann doch nicht sein, dass jemand wie sie untergetaucht ist.

AGHATELLA DI MORO: Nun, wir hatten tatsächlich auf der Terrasse eine kleine Konversation mit ihr nach den Verhandlungen. Aber danach haben wir sie nicht mehr gesehen.

BENITO MUSSOLINI: Wer ist wir?

MONTANARI: Aghatella, Julia und ich.

CUTRERA: Das ist ja interessant.

MONTANARI: Was?

CUTRERA: Dass zwei Personen fehlen, mit denen du zuletzt Kontakt hattest.

MONTANARI: Schon wieder nur leere Worte. Hast du nichts Interessantes, das deinem Mundwerk entweichen kann?

DON PEDRO: Salvatore hat nicht ganz unrecht.

MONTANARI: *zur Gräfinwitwe* Mit Verlaub, Eure Exzellenz, nun da Ihr die Führungsposition hier einnehmt, wäret Ihr so großzügig und würdet dem dreisten Beschuldigen meiner Person ein Ende setzen?

CONTESSA VEDOVA: Ich bin keine Despotin, die sich das Recht nimmt, anderen das Sprechen zu verbieten.

MONTANARI: *schüttelt den Kopf* Ihr seid doch alle vom gleichen Schlag.

LIMBO, PEDRO, BANCO und NENA DELLA ROVERE: Wer?

MONTANARI: Ich werde es auch morgen noch einmal aussprechen: Mit der Roverefamilie wird mein Clan niemals kooperieren. Die Wiedervereinigung wird eine Niederlage sein, das verspreche ich euch.

CONTES BANCO: Das liegt nicht in Ihrer Hand, Donna Salvatrice.

MONTANARI: Wir werden sehen, Contes Banco, wir werden sehen.

CONTESSA VEDOVA: *zu Aghatella di Moro* Möglicherweise könntest du von... du weißt schon was, erzählen.

MONTANARI: *schaut zwischen Aghatella und der Gräfinwitwe hin und her*

AGHATELLA DI MORO: Ich habe meine Ansichten geändert, Salvatrice. Ich befürworte nun die Wiedervereinigung und werde dies in der morgigen Sitzung im Namen der Familie di Moro verkünden.

MONTANARI: *tatsächlich überrascht* Du hast deine Prinzipien infrage gestellt, Aghatella, und noch dazu unsere Freundschaft verraten.

AGHATELLA DI MORO: *kühl und gelassen* Wir sind nie Freunde gewesen, Salvatrice.

MONTANARI: *schmeißt Messer und Gabel hin* Das reicht mir jetzt. *Wischt sich den Mund mit einer Serviette ab, steht auf und geht*

CONTESSA VEDOVA: Wieso gehen wir nicht einfach alle? Oder liegt das am Essen?

LANNA: Mir schmeckt der Salat nicht wirklich.

BENITO MUSSOLINI: Wenn die Damen meine Tante zuletzt auf der Terrasse gesehen haben, dann sollte man da mit der Suche starten.

VEFFA: Ich glaube, es ist eher unwahrscheinlich, dass sich Donna Augusta stundenlang hinter einem Blumentopf versteckt.

CONTESSA VEDOVA: *lacht*

CONTES BANCO: Das Haus ist groß, junger Herr Mussolini. Suchen wir gemeinsam, finden wir sie auch.

BENITO MUSSOLINI: Danke, Conte.

GERONIMO DI MORO: *zur Gräfinwitwe* Möchte Donatella denn nichts zu Abend essen?

CONTESSA VEDOVA: Limbo hat einen Bediensteten mit einem leichten Essen nach oben geschickt. Ganz gewiss wird sie nicht verhungern.

GERONIMO DI MORO: Ich finde es schlicht inakzeptabel, dass sie nicht hier isst, an meiner Seite.

DON PEDRO: Wieso sollte sie auch?

CONTESSA VEDOVA: Nun, Pedro, du weißt es noch nicht. Donatella und Geronimo sind einander versprochen. *An Aghatella und Victor di Moro* Wir machen ja keinen Hehl daraus, nicht?

DON PEDRO: Ach, so einen Schnösel hast du dir ausgewählt, Mamma. Ich hoffe doch, er bringt genug Geld mit ins Haus, damit du deine Schulden begleichen kannst.

CONTESSA VEDOVA: Still, Pedro. Zügele deine Emotionen, zumindest hier zu Tische. Habe ich dir Manier und Tugend nicht beigebracht?

DON PEDRO: Zu viel hast du mir davon beigebracht.

CONTESSA VEDOVA: Dann entschuldige dich für deinen harschen Ton und deine falschen Aussagen.

DON PEDRO: Dir beuge ich mich nicht – und schon lange nicht diesem Neunmalklug.

GERONIMO DI MORO: Bitte?

AGHATELLA DI MORO: Sie gehen zu weit, Don Pedro.

DON PEDRO: Wisst ihr was, ich bin nicht mehr hungrig. *Steht auf* Ich ziehe mich zurück. Gehabt euch wohl. *Geht fort*

CONTESSA VEDOVA: Naja, wie dem auch sei.

VEFFA: Lanna und ich wussten auch nichts davon.

CONTES BANCO: Das Bündnis ist arrangiert. Geronimo und Tella haben die Papiere bereits unterzeichnet. Die formelle Hochzeit findet in Syrakus statt.

LANNA: Schön! Dann gehen wir endlich wieder nach Hause.

VEFFA: Und Tella ist sicher einverstanden damit?

GERONIMO DI MORO: Wieso sollte sie das nicht sein?

VEFFA: Ich habe nicht mit dir gesprochen.

CONTESSA VEDOVA: Ja, deine liebe Schwester ist damit einverstanden. Ich habe viel mit ihr darüber gesprochen – letztlich hat sie sich selbst überzeugt.

VEFFA: Ich hoffe es, für sie nicht für uns.

CONTES BANCO: Es geht auch um sie – es ging immer um sie.

LANNA: *zu Veffa* Sollen wir zu ihr gehen?

VEFFA: Daran habe ich auch gedacht. Vielleicht braucht sie unsere Unterstützung.

CONTESSA VEDOVA: Nur behelligt sie nicht zu arg.

VEFFA: Ich bitte dich, Großmutter, wir sind ihre Schwestern – wir können sie nur behelligen.

CONTES BANCO: *grinst*

VEFFA: a*n Lanna* Auf gehts?

LANNA: Wo gehts auf?

VEFFA: Nein, ich meinte, gehen wir jetzt zu Tella?

LANNA: Jawohl.

Veffa und Lanna ab.

CONTESSA VEDOVA: *bückt sich zu Banco* Sag mal, war Paullanna schon immer so dämlich?

CONTES BANCO: Ich weiß nicht, was du meinst.

VICTOR DI MORO: Entschuldigt, wenn ich kurz unterbreche. Sofern ich alles richtig zugeordnet habe, bedeutet das, dass alle hier Anwesenden für eine Wiedervereinigung sind? Und Salvatrice Montanari bildet eine Ein-Frau-Opposition?

CONTESSA VEDOVA: Sie haben richtig zugeordnet, Victor. *An Benito Mussolini* Und ich nehme an, Augusta steht auf unserer Seite?

BENITO MUSSOLINI: Das weiß ich nicht – über Geschäftliches hat sie nie mit mir gesprochen. Sie hat eigentlich selten mit mir gesprochen. Eigentlich spricht sie nie wirklich mit mir.

CONTESSA VEDOVA: Okay, ich danke für diese tiefenpsychologische Analyse deines Verhältnisses zu Augusta. *An Victor di Moro* Ja, ich glaube, alle außer Montanari sind für die Wiedervereinigung.

CUTRERA: Nun ja, ich habe mich noch nicht dazu geäußert. Aber ich befürworte eine Wiedervereinigung tatsächlich.

CONTESSA VEDOVA: Ach ja stimmt. Verzeih uns, Salvatore, du bist irgendwie so unauffällig.

CUTRERA: Ich sitze Euch fast gegenüber, Contessa.

CONTESSA VEDOVA: Ganz genau. Also, ich schlage vor, wir beenden das Abendessen jetzt und dürfen uns zurückziehen. *An Don Limbo* Übrigens, ich werde heute Nacht in den Fürstengemächern residieren, ich hoffe, ich bereite dir und deiner Gattin dadurch keine Umstände.

DON LIMBO: Ganz und gar nicht, Mutter – wir schaffen dir Platz, mit Vergnügen.

Neunte Szene

Schauplatz: Zimmer 105, Donatella della Roveres Gemach.

Tella liegt im Bett und starrt auf die Decke; der Spiegel ist immer noch mit der Decke bedeckt. Es klopft an der Tür.

TELLA: ...

Es klopft erneut.

TELLA: ...

Es klopft erneut, aber länger.

TELLA: ...

VEFFAS STIMME: Tella, bist du da?

LANNAS STIMME: Wir sind es, Veffa und Lanna, deine Schwestern.

TELLA: Echt?

LANNAS STIMME: Das glaube ich zumindest. *An Veffa* Das sind wir doch, oder?

VEFFAS STIMME: Stell dich nicht blöd. *Klopft wieder an die Tür* Tella, dürfen wir zu dir?

TELLA: Selbstnatürlich, kommt herein.

Veffa und Lanna treten ein.

LANNA: Ist das ein neuer Vorhang?

TELLA: Das ist die Bettdecke auf dem Spiegel.

LANNA: *flüsternd zu Veffa* Ich glaube, ihr geht es nicht gut.

VEFFA: Wir haben gerade beim Essen erfahren, dass... du weißt schon.

TELLA: Ja – irgendwann musste es ja ins Licht rücken.

Veffa und Lanna legen sich neben Tella auf das Bett.

VEFFA: Wie fühlst du dich denn, Tella? Es ist ja mehr als nur offensichtlich, dass du und Hector euch sehr mögt.

TELLA: Wir mögen uns gewiss noch – aber ich zöge es vor, hier von gemocht haben zu sprechen.

VEFFA: Aber wie? Wie ist es dazu gekommen? Hat er dich gekränkt, trägt er irgendeine Schuld hieran? Ich selbst habe doch gesehen, wie er dich ansieht, wie ihr euch anseht – es war Liebe, Tella, und es ist immer noch Liebe, wenn ich behaupte, dich, meine Schwester, zu kennen.

TELLA: Jetzt magst du mich nicht erkennen, weil ich – und das gebe ich zu – früher anders gewesen bin. Aber du liegst falsch, was einen Aspekt betrifft: nämlich die Liebe.

VEFFA: Worin liege ich falsch?

TELLA: Wenn ich ins tiefste Innere meiner Seele, meiner Selbst, hineinschaue und nach dem suche, was ich mit Liebe identifiziere oder mit Liebe in Beziehung setze, dann sehe ich natürlich Hector – aber ich sehe zusätzlich dazu etwas anderes. Und dieses etwas hat allergrößte Priorität, weil es den Sinn, die Quintessenz, meines Lebens und meiner

Lebensaufgabe ausmacht. Das ist, was mir gibt, wonach ich immer gesucht habe.

LANNA: … das ist, was mir gibt, wonach ich immer gesucht habe… *kratzt sich am Kopf*

TELLA: Soll ich es dir aufschreiben?

LANNA: Ist gut, ich komme mit. Fahre fort.

VEFFA: Sag schon, was ist diese Quintessenz deines Lebens? Ich komme nicht dahinter.

LANNA: Ich habe es verstanden.

TELLA und VEFFA: *höchst überrascht* Wirklich?

LANNA: Ja, wirklich. Es ist die Pflicht. Für dich, Tella, ist Liebe auch eine Pflicht. Deshalb nimmst du Geronimo, der nun wirklich alles andere als sympathisch, aber durchaus noch attraktiv ist, zum Gatten. Du willst der Familie das geben, was uns fehlt.

TELLA: Ja. Genau das ist es. Ich bin sehr froh, dass du es herausgefunden hast, Lanna – sehr froh.

LANNA: Danke.

VEFFA: Die Pflicht? Die Pflicht hat dich dazu gebracht, Hector abzuweisen. Ich erkenne dich wirklich nicht mehr, Tella, wirklich nicht.

LANNA: Wieso denn? Sie trägt sogar weniger Make-up als sonst.

TELLA: Großmutter hatte ihren Einfluss auf mich, und Vater teilweise auch.

VEFFA: Das sieht den beiden ähnlich. Aber woher kommt dieser gewaltige Sinneswandel? Was genau hat dich bewegt oder eher umgeleitet? Bestimmt nicht die Wiedervereinigung.

TELLA: …

VEFFA: Kann es sein, dass du es selbst nicht weißt?

TELLA: Doch, ich weiß es. Aber es ist viel zu komplex, um es dir zu erklären.

VEFFA: Ich bin nicht Lanna.

LANNA: Ja, ich bin Lanna.

VEFFA: Ich habe Zeit, Tella, wir haben Zeit, dir zuzuhören, und du hast Zeit und Geduld, uns davon zu erzählen.

TELLA: Ach nein, ich möchte euch nichts zumuten.

VEFFA: Du hast uns schon alles zugemutet, als du auf die Welt gekommen bist, Tella. Wir sind deine Schwestern. Erzähle uns, was dir auf dem Herzen liegt.

TELLA: Nichts liegt mir auf dem Herzen – oder sagen wir, ich will, dass mir nichts auf dem Herzen liegt.

VEFFA: Das musst du uns nun etwas näher explizieren.

LANNA: Und näher erläutern.

VEFFA: *hebt leicht belustigt ihre Brauen*

TELLA: Gut. Eigentlich habe ich nie mit jemandem darüber gesprochen, weil…

VEFFA: Weil es so persönlich war, dass selbst deine Familie davon keine Kenntnis besitzen sollte?

TELLA: … ja.

VEFFA: Das kann ich nachvollziehen, Tella, vollkommen.

TELLA: Danke. Ich habe es tatsächlich auch nie erwähnt, in der Familie. Und auch sonst niemandem habe ich es mitgeteilt, weil ich immer dachte, niemand würde sich für meine Probleme interessieren oder ich würde jemandem etwas zumuten, das ich eigentlich niemandem zumuten möchte. Tief in meiner Seele bin ich zerrüttet – mir fällt es schwer, diesen Zustand zu beschreiben, aber manchmal bin ich zerrüttet… gewesen. Ich glaube, in mir herrschte eine Art Tumult oder Konflikt, zwischen dem, was ich war oder dachte und vorgab zu sein, und dem, was ich sein wollte oder dachte, sein zu wollen.

LANNA: … was?

VEFFA: Fahre fort, Tella.

TELLA: Dieser Konflikt hat mich immer dazu gezwungen, zwischen beiden Seiten zu oszillieren – nie war ich ich selbst. Es fühlte sich falsch an und auch wieder richtig, aber irgendwie irreal.

VEFFA: Und der Spiegel?

TELLA: Zeigt mir, wer meine falsche Seite ist, er zeigt die Illusion, während die Realität hier und jetzt ist.

VEFFA: Ich verstehe…

LANNA: … ich natürlich auch.

TELLA: Ich bin mir nicht sicher, weshalb ihr gekommen seid, aber ihr werdet mich nicht von meinem Weg abbringen können, noch mich davon überzeugen, es zu tun.

VEFFA: Ganz und gar nicht. Wir wollten schlicht nach dieser sehen.

TELLA: Jetzt habt ihr mich gesehen.

LANNA: *schaut Tella an* Ja, jetzt haben wir dich gesehen.

VEFFA: Würde es dir etwas ausmachen, wenn ich weitere Fragen stelle?

TELLA: Nein, weil du – wie du richtig betonst – meine Schwester bist. Aber gerade deshalb würde ich dich bitten, dies zu unterlassen. Ich brauche etwas mehr…

VEFFA: Ruhe?

TELLA: Ja, ich denke, ich brauche Ruhe, in der ich weiter überlegen kann.

VEFFA: Einverstanden. Komm, Lanna, wir gehen.

LANNA: Ist gut.

Veffa und Lanna stehen vom Bett auf.

TELLA: Ich danke euch, dass ihr da wart. Immerhin gibt es zwei Seelen in dieser Welt, auf die immer Verlass ist und denen ich immer trauen kann.

VEFFA: Immer, Tella, immer! Scheue dich nicht, uns um Rat und Hilfe zu bitten.

Zehnte Szene

Schauplatz: Damensalon. Salvatrice Montanari sitzt auf der Ottomane, Busco und Cusco stehen neben ihr.

BUSCO: Sind Sie sich dabei sicher?

MONTANARI: Unbedingt, sie muss es sein. Sie ist viel zu gefährlich für uns geworden, zumindest behauptet es Tancredi so.

BUSCO: Und die Wiedervereinigung?

MONTANARI: Darüber denke ich nach. Aber das Extremum ist höchstwahrscheinlich.

Es klopft in einem bestimmten Muster. Cusco geht zur Tür und öffnet sie. Ein Bediensteter erscheint.

MONTANARI: Haben Sie den Sauvignon dabei?

BEDIENSTETER: Frisch und gekühlt.

Cusco schließt die Tür. Der Bedienstete geht zu Montanari hin.

MONTANARI: Augusta hast du stillgelegt?

BEDIENSTETER: Ja.

MONTANARI: Tedesco macht einen Wind um seine Frau und den Sohn. Sage mir bitte, dass du damit nichts zu tun hast, Tancredi.

TANCREDI VOLPI: Doch, leider kam es zu einem kleinen Intermezzo, als ich Augusta stillgelegt habe. Ignazio Tedesco konnte alles mitansehen. Ich bin mir nicht sicher wieso, aber ich glaube, er hatte sich versteckt.

MONTANARI: Versteckt? Soll das heißen, dir wurde eine Falle gestellt?

TANCREDI VOLPI: Ich glaube nicht. Ich nehme an, er war anderer Gründe wegen dort.

MONTANARI: Anderer Gründe wegen? Welcher junge Mann versteckt sich nachmittags auf der Terrasse eines Alpenschlosses? Ein Ornithologe vielleicht?

TANCREDI VOLPI: Ich weiß es nicht, ehrlich, Signora.

MONTANARI: Und nun? Was hast du mit ihm gemacht.

TANCREDI VOLPI: Dasselbe wie mit Augusta. Aber er würde laut sein, deshalb habe ich ihn zuerst erwürgt.

MONTANARI: Was ist mit seiner Mutter geschehen?

TANCREDI VOLPI: Sie hat recherchiert, im Schloss, bei den Dienstboten, und ist auf mich zugekommen. Ich habe sie in meine offizielle Kabine geführt und sie dort umgelegt.

MONTANARI: *hält sich die Hand an die Stirn* Das ist ein Zielobjekt zu viel, Tancredi, das weißt du. Und Julia stand auf meiner Seite, was die Frage der Wiedervereinigung betrifft – sie hätte Tedesco noch überreden können. Das war ein gewaltiger Fehler, Tancredi, ein gewaltiger!

TANCREDI VOLPI: Verzeihen Sie mir, Signora. Ich musste schnell handeln.

MONTANARI: Jaja, schon gut. Nur muss ich mir jetzt einen anderen Plan ausdenken.

TANCREDI VOLPI: Wie stehen die Chancen auf eine Wiedervereinigung?

MONTANARI: Gut – unglücklicherweise. Der große Auftritt der Gräfinwitwe Nena della Rovere hat seine Wirkung gezeigt.

TANCREDI VOLPI: Dann kommt sie als nächstes?

MONTANARI: Nein. Sie nicht. Jemand anderes, von viel mehr Bedeutung und dessen Ableben den Verlauf der Dinge mächtig zu verändern imstande ist: Donatella della Rovere.

Elfte Szene

Schauplatz: Geheime Bibliothek im ersten Stock. Nena della Rovere, Gräfinwitwe, Contes Banco, Don Limbo, Donna Geltrude, Huarte, Veffa und Lanna sind um den Tisch versammelt, auf dem Dokumente und Akten liegen. Don Pedro und Salvatore Cutrera treten ein.

CONTESSA VEDOVA: Ich glaube ich seh schlecht! Pedro, wieso ist Cutrera hier?

DON PEDRO: Beruhige dich, Mamma.

DONNA GELTRUDE: Pedro hat uns versichert, dass Cutrera auf unserer Seite steht.

CONTESSA VEDOVA: Ach, ist das so? Das ist ja etwas Neues. Und wie sicher dürfen wir uns sein, Pedro?

CUTRERA: Sehr sicher, Eure Exzellenz. Ich bin nicht Euer Feind.

CONTESSA VEDOVA: Aber auch nicht unser Freund. Nun gut, wenn es denn sein muss. Aber wehe, du stellst dich gegen uns.

CUTRERA: Das werde ich nicht.

CONTESSA VEDOVA: Also. Lagebesprechung. Limbo, fange bitte an.

DON LIMBO: Stand jetzt ist die Chance auf eine Wiedervereinigung groß – das hat auch Victor di Moro

200

festgestellt. Mit Cutrera, di Moro, Mussolini und Tedesco sind alle Familien und Clans auf unserer Seite. Da Esposito dahingeschieden ist, gilt seine Stimme nicht. Und Montanari bildet die einzige Opposition.

CONTES BANCO: Das bedeutet, mehr als zwei Drittel der Mitglieder der Tafelrunde sind für eine Wiedervereinigung.

VEFFA: Aber wartet mal, was ist denn nun mit Augusta Mussolini, wurde sie schon gefunden?

DON LIMBO: Nein.

CONTESSA VEDOVA: Benito wird sie stellvertreten.

VEFFA: Aber kann und darf er das denn?

CONTESSA VEDOVA: Sicher. Er ist ja hier. Er muss sie sogar vertreten.

DON PEDRO: *sieht sich um* Wo ist Tella?

VEFFA: In ihrem Zimmer. Ich denke nicht, dass ihr diese Lagebesprechung guttäte. Sie soll sich ausruhen.

DON LIMBO: Also gut. Kommen wir auf die Wiedervereinigung zurück. Ursprünglich war gedacht, den Notfallplan selbst dann durchzuführen, wenn die Chancen gutstehen. Aber nun sind sie so gut, dass es wahrlich nicht nötig ist, jeden… umzulegen.

CONTESSA VEDOVA: Außerdem fehlen uns sowieso drei Personen und Esposito ist tot.

DON LIMBO: Genau. Deshalb schlage ich vor, wir unternehmen nichts mehr und lassen uns von der Strömung treiben.

CONTES BANCO: Das halte ich für keine gute Idee.

CONTESSA VEDOVA: Ich auch.

CONTES BANCO: Trotz aller Hoffnungen müssen wir die Fäden im Griff behalten. Noch ist die Schlacht nicht gewonnen und ein voreiliges Zurücklehnen brächte aus der Fassung und würde unaufmerksam machen.

CONTESSA VEDOVA: Ganz genau.

DONNA GELTRUDE: *an ihren Gatten* Halte dich lieber heraus und lass die Meister ihre Arbeit tun.

CONTESSA VEDOVA: Meister? Nun ja, wie dem auch sei. *An alle* Haltet euch für den Notfallplan bereit, Leute. Dadurch, dass uns einige Zielpersonen fehlen, gehen wir wie folgt vor: Jeder… *sieht Cutrera an* fast jeder erhält einen Revolver.

Huarte stellt eine verschlossene Kiste auf den Tisch.

CONTESSA VEDOVA: Tragt ihn bei euch – für den Fall der Fälle. Und dieser Fall der Fälle tritt dann ein, wenn etwas bei den Verhandlungen schieflaufen sollte. Eine zusätzliche Bedingung: Gefahr – befindet ihr euch in Gefahr, scheut nicht davor, eure Waffe zu benutzen. Und nun an jeden von euch:

Hört ihr Schüsse oder irgendwelche Anzeichen von Gefahr, kommt hierher, in die Bibliothek. Dies wird unser Sammelpunkt sein, da niemand sonst... *sieht Cutrera an* niemand sonst von diesem Ort weiß und wissen kann.

Huarte und Contes Banco verteilen Revolver.

CONTESSA VEDOVA: Die Damen dürfen sich diese eisernen Schmuckstücke gerne ins Kleid legen – ein wenig Fülle schadet nicht. Und die Herren, nun ja, ihr findet sicher einen Platz.

CUTRERA: Werdet Ihr auch einen Revolver in Euer Kleid legen, Eure Exzellenz?

CONTESSA VEDOVA: Eure Exzellenz wird Euch gleich erschießen, wenn Ihr diesen Gedanken weiter aussprecht. Außerdem bin ich bereits im Besitz zweier Revolver.

CUTRERA: *sieht sich die Gräfinwitwe an* Und sie liegen in Eurem Kleid?

CONTESSA VEDOVA: *an Limbo* Wenn du mich umbringen wolltest, dann hast du es geschafft, indem du Cutrera hierhergebracht hast.

DON PEDRO: Er hat ihn nicht eingeladen, Mamma – ich war es.

CONTESSA VEDOVA: Du, Pedro? Sehr bemerkenswert.

DON PEDRO: Findest du?

CONTESSA VEDOVA: O ja, das gibt mir etwas zum Nachdenken. Aber Schluss mit dieser wirren Wirrnis von Gedankenwirrnis. *An alle* Sind die Anweisungen verstanden? Ich zähle auf jeden einzelnen hier – außer auf dich, Cutrera. Ich habe vollstes Vertrauen darauf, dass mich niemand enttäuschen wird und die Pflichten, die jeder von uns hat, wahrgenommen werden. Bis auf Weiteres ist die Besprechung zu Ende. Zieht euch zurück und erwartet den morgigen Tag.

CONTES BANCO: Und gebt weiterhin acht – nachts können viele Dinge passieren.

VEFFA: Wie die Ermordung Melchiorre Espositos.

CUTRERA: Ist denn nun herausgefunden, wer den armen Mann umgelegt hat?

VEFFA: Nein.

DON LIMBO: Doch, eigentlich schon.

Alle hören nun aufmerksam zu.

DON LIMBO: Huarte und ich haben herausgefunden, dass wir einen Eindringling haben – jemanden, der sich als Bediensteter des Schlosses ausgibt, eine solche Funktion aber tatsächlich nicht wahrnimmt.

CONTESSA VEDOVA: *leicht entsetzt* Ein Wolf im Schafspelz.

DON PEDRO: *tatsächlich erschrocken* Ein Eindringling? Und wann hattet ihr beide vor, jeden von uns davon zu unterrichten? Gibt es möglicherweise noch weitere Fakten, die du uns verschweigst, Limbo?

DON LIMBO: Nur dies. Ich versichere, dass alles Restliche in Ordnung ist.

CONTES BANCO: Ich wiederhole meine Anweisung nun mit mehr Ernsthaftigkeit: Gebt acht und haltet eure Schusswaffen geladen und entsichert – ein Eindringling ist kein bloßer Nichtsnutz, sondern ein geübter Attentäter.

Zwölfte Szene

Schauplatz: Zimmer 105, Donatella della Roveres Gemach.

Tella sitzt auf dem Boden und bewegt Figuren auf einem Schachbrett, das sie auf dem Boden aufgestellt hat.

TELLA: Eine Partie Schach endet, wenn der gegnerische König mattgesetzt wird. Gespielt wird mit sechzehn Figuren pro Lager: einem König, einer Dame, zwei Türmen, zwei Läufern, zwei Springern und acht Bauern. Die wichtigste Figur ist der König, er das höchste und letzte Ziel des Angriffs und der Verteidigung. Die weitaus Stärksten sind die Schwerfiguren. Die acht Bauern sind letztlich nur Gebrauchsmaterial, Kanonenfutter für das gegnerische Lager. Um das Ziel zu erreichen, wird strategisch und überlegt mit all ihnen gespielt – beide Lager sind dabei weder nur offensiv noch nur defensiv. Jeder Angriff ist eine Verteidigung und jeder Schutz ist eine Offensive. Denn bei all seiner Wichtigkeit ist der König schlussendlich nur eines: verletzlich und schwach, angewiesen auf die Stütze seiner Dame, auf die Stärke der Schwer- und Leichtfiguren und selbst auf die simplen Züge seiner Bauern. Jeder Verlust, jeder Fehler, kann die absolute Niederlage bedeuten, während jegliche kleinen Fenster der Möglichkeiten den Sieg bringen können.
Sie nimmt die weiße Dame und betrachtet diese.

TELLA: Angewiesen auf die Stütze seiner Dame. Die Dame ist nicht das höchste und letzte Ziel in diesem Spiel, aber ihr Einsatz kann über Sieg oder Niederlage entscheiden – ihre Pflicht besteht darin, ihren König zu schützen mit all ihrer gewaltigen Kraft und Essenz.

Sie steht auf vom Boden und sieht den bedeckten Spiegel an.

TELLA: Und all ihre Schritte sind bestimmt, sie können nicht rückgängig gemacht noch wiederholt werden. Die Dame kennt alle Schritte, aber nur einen Weg.

Sie legt sich ins Bett, pustet die lichtspendende Kerze auf dem Nachttischchen aus, schmiegt die Schachfigur an ihre Brust und dreht sich zur Seite.

TELLA: *schläfrig* Die Dame kennt alle Schritte… aber nur… einen Weg. *Scheint nun zu schlafen*

Das unablässige Licht des Mondes umfängt in aller trügerischen Fäulnis das Bett Donatellas und beleuchtet sie selbst. Wolken schweben und bringen das Licht auf Donatellas Gesicht und Körper in Bewegung. Ein kalter Zug weht gegen die Scheiben der Fenster, aber das Schloss steht still wie in der Nacht des vorigen Tages. Doch in jener Ruhe, da ruht das Geheimnis – und mit ihm kommt ein Ruckeln an jenem Türschloss, das das Zimmer 105 verschlossen hält, ein leises Ruckeln und Knacken, bis es sich in ein Ziehen wandelt – und die Tür offensteht. Doch so groß der Türspalt auch sein mag, in der Dunkelheit, die sich dort verbirgt, erkennt sich nichts als die Dunkelheit selbst, denn der Finsternis einziges Ziel ist es, finstern zu bleiben.

Wie das Licht streut die Finsternis – und ein Schatten erhebt sich aus der Dunkelheit dessen, was hinter dieser verschlossenen Tür im langen Flur des ersten Stockes liegt, ein Schatten, der Schritte macht, leise, verhüllt und unbemerkbar.

Doch Donatella ist noch nicht gänzlich eingeschlafen und bemerkt, dass das Mondlicht sie gar nicht mehr berührt – die besudelten Finger des Finsterns greifen nach ihr. Es ist ein Mann, der vor Donatella steht, ein Mann, der seine Hände über sie hebt und jenes zu vollbringen gedenkt, was der Morgen vergangener Nacht enthüllte.

Donatellas Augen öffnen sich und erblicken die Gestalt ihres Attentäters und das Aufleuchten einer Klinge, die im Durste ihres Blutes nach dem Stechen sehnt.

Schnell will Donatella den Schatten von sich stoßen, doch ihr gelingt es nicht und der scharfe Stahl der Klinge fährt geradewegs in ihren Oberschenkel.

Donatella schreit auf, greift nach dem Schatten und rammt ihm die Schachfigur ins Gesicht. Sie stößt ihn weg von sich, der Mann taumelt, fällt gegen einen Stuhl, sinkt zu Boden und regt sich nicht mehr.

Dreizehnte Szene

Schauplatz: Badezimmer im zweiten Stock. Hector steht am Lavabo und sieht in den Spiegel. In einer Hand hält er ein Fläschchen mit der Aufschrift „Morphin".

HECTOR: Ich kann nicht mehr, ich kann einfach nicht mehr. Es ist kein Fluch, ein Leben ohne dich zu leben, Donatella – es ist kein Leben, denn selbst Flüche wären aushaltbar. Wenn ich nicht im hohen Alter an deiner Seite sterben werde, dann will ich nicht anders sterben, nicht ohne dich, an deiner Seite, mein Leben wäre unerträglich und nicht lebenswert. Es gibt keinen anderen Ausweg, Donatella, und ich weiß, dass ich es deinetwegen bereuen werde, dass ich hier und jetzt gehe und dich im Stich lasse, dass du meine Überreste finden oder sehen wirst. Nie würde ich es mir anmaßen, dir zu schaden, aber der Schaden, den du mir angetan hast, er hat mein Herz nicht gebrochen, er hat es zum Stillstand gebracht. Und wenn mein Herz nicht schlägt, bin ich tot – und sehe ich keinen Nutzen mehr für mich. Verzeihe mir, sollte ich dich verletzen, aber du wirst nicht um mich trauern, wenn ich gehe, da ich deiner überdrüssig erscheine.

Er öffnet nun das Fläschchen und hält es auf Augenhöhe, damit er sich die Flüssigkeit ansehen kann.

HECTOR: Hier sind etwas mehr als 200 Milligramm –
ausreichend, um das zu erreichen, was ich zu erreichen
gedenke. Es bedarf nur eines vollen Schluckes, das ganze
Fläschchen leer, als wäre es ein letztes Glas Wein, das ich
trinke, um den Abschied zu feiern.

Er hält sich das Fläschchen an die Nase, um daran zu riechen.

HECTOR: Ein letztes Glas Wein. Trinken wir, Donatella, auf
uns und die Zeit, die uns gemeinsam gegeben war. Trinken
wir auf das erste Mal, als wir uns trafen, trinken wir auf
unseren ersten Kuss, auf all jene Abende, in denen wir
gemeinsam die Sonnenuntergänge betrachteten, trinken wir
auf jede Rose, die ich dir geschenkt habe, trinken wir auf
jeden Gedanken, den ich dir gewidmet habe, nachts bevor ich
einschlief und morgens, als ich aufwachte. Trinken wir auf
dich, denn das einzig Schönste in meinem Leben, das warst
du.

Er hebt das Fläschchen hoch, führt es an seinen Mund und trinkt.
Doch plötzlich öffnet sich die Tür und Salvatore Cutrera betritt das
Badezimmer.

HECTOR: *stoppt das Fläschchen und tritt einen Schritt zurück*

CUTRERA: *versucht zu erkennen, was passiert* Hector, was
machen Sie um diese Uhrzeit noch hier? Und… *erkennt die*
Aufschrift auf dem Fläschchen was beabsichtigen Sie hiermit?

210

HECTOR: Sie können mich nicht aufhalten, Don Salvatore.

CUTRERA: *geht auf Hector zu und entreißt ihm das Fläschchen* Wieviel haben Sie davon getrunken?

HECTOR: *schweigt*

CUTRERA: *mit erhobener Stimme* Wieviel haben Sie davon getrunken, Hector?

HECTOR: … das Fläschchen war voll.

CUTRERA: Dann ist das in etwa die Hälfte. *Geht zur Toilette und schüttet den restlichen Inhalt des Fläschchens aus* Ich weiß, was zwischen dir und Donatella geschehen ist – und das ist definitiv nicht der Ausweg.

HECTOR: Es ist der Einzige.

CUTRERA: *tritt nah an Hector heran und schellt ihm eine ins Gesicht* Du bist nicht in einem Liebesroman, Hector. *Geht zu einem Schrank, öffnet und durchsucht ihn* Wir wissen nicht, was die Dosis, die du eingenommen hast, verursachen wird – aber ich muss dir unbedingt ein Antidoton verabreichen, Naloxon oder etwas in der Art. Weißt du, wo hier das Ärztezimmer ist?

HECTOR: Ich glaube hier im zweiten Stock, nahe den Gesellschaftszimmern.

CUTRERA: Gut, komme mit, sonst haben wir neben all den Ermordeten und Verschwundenen noch einen Selbstmörder.

HECTOR: Warten Sie, Don Salvatore.

CUTRERA: Worauf denn?

HECTOR: Danke.

CUTRERA: Wofür?

HECTOR: Dass Sie mich im letzten Moment gestoppt haben.

CUTRERA: Danke mir, wenn wir erstmal dafür gesorgt haben, dass das Morphin dich nicht umbringt.

HECTOR: Ich meine es ernst, danke.

CUTRERA: *nickt* Du bist noch jung, Hector, lasse dein Leben nicht durch die Liebe zerstören. Ich kann nachempfinden, was du gerade empfindest. Aber jetzt auf ins Ärztezimmer.

HECTOR: Werden Sie es jemandem erzählen?

CUTRERA: Was? Dass du dich um Mitternacht mit Morphin betrinken wolltest? Nein, das bleibt eine Sache zwischen dir und Donatella.

HECTOR: Danke.

Vierter Akt

Sturm und Drang

Das morgendliche Licht der Sonne bescheint in aller Frühe die Spitzen und Kanten des Schlosses. Der trügerische Nebel, der Anselm an zwei Nächten umhüllte, war verschwunden und eine sanfte Brise frischer Luft durchzieht das Schloss, als atmet es von Neuem auf.

Erste Szene

Schauplatz: Seilbahnanlegestelle. Hector und Salvatore Cutrera stehen vor der Seilbahn.

HECTOR: *nimmt einen Brief hervor* Dies sind meine Abschiedsworte an Donatella. Könnten Sie sie ihr überreichen zu einem passenden Augenblick?

CUTRERA: Nun, ich fände es besser, du würdest sie ihr geben, aber das mache ich selbstverständlich.

HECTOR: *überreicht ihm den Brief* Ich danke Ihnen.

CUTRERA: Und wann wäre der passende Augenblick?

HECTOR: Ich bin mir nicht sicher – einfach dann, wenn sie nicht allzu beschäftigt ist. Sie werden das sicher schaffen.

CUTRERA: Gut. Und du gehst jetzt?

HECTOR: Ja. Ich kann nicht hierbleiben. Es täte mir und Donatella nicht gut.

CUTRERA: Sicher? Ihr standet euch sehr nahe – ich glaube, Donatella empfindet bis zum jetzigen Moment noch etwas für dich.

HECTOR: Aber dieses Etwas ist nicht mehr von Relevanz. Sie hat mir ihre Zukunft dargelegt und diese sieht keinen Platz für mich.

CUTRERA: Aber du liebst sie noch?

HECTOR: Ich werde nie aufhören können, sie zu lieben. Natürlich hatte es Momente in meinem Leben gegeben, in denen ich verliebt war. Mit Donatella ist es jedoch etwas anderes – die Gefühle, die ich für sie habe, sind ganz andere, ich kann sie nicht auf Worte beschränken und beschreiben.

CUTRERA: Das ist mir sehr einleuchtend.

HECTOR: Sie ist meine wahre Liebe – das weiß ich. Und einmal richtig lieben im Leben, ist wie zehn Mal ein Leben zu leben, ohne zu sterben. Doch die Kehrseite davon ist: Einmal im Leben nicht richtig geliebt zu haben, ist wie zehn Mal zu sterben, ohne zu leben.

CUTRERA: Lieben und geliebt zu werden, ist wie von beiden Seiten der Sonne beschienen zu werden. Aber mache dich nicht abhängig von ihr und den Gedanken an sie. Lebe, Hector, denn es gibt so viel Schönes, das es noch zu erleben gilt. Und inmitten all dieser Schönheit wirst du sie finden, dein Puzzlestück, die Frau, die dieselben Gefühle für dich empfindet, die du jetzt gerade für Donatella hast, und noch mehr. Ich selbst weiß es, Hector, nach allem Leid kommt immer wieder ein Stückchen Sonnenschein – immer.

HECTOR: *reicht ihm die Hand* Ich danke für diesen Rat.

Sie schütteln sich die Hände.

HECTOR: Sie sind wahrlich ein anderer Mensch, Don Salvatore, nicht so, wie man immer hört.

CUTRERA: *grinsend* Wie hört man denn von mir?

HECTOR: Es ist schön zu wissen, dass es Menschen gibt, die dazu bereit sind, anderen zu helfen. Sie haben mir viel mehr geholfen, als sie denken, Don Salvatore. Dafür bin ich Ihnen dankbar.

CUTRERA: Es freut mich, das zu hören.

HECTOR: Auf Wiedersehen, Don Salvatore.

CUTRERA: Bis zum nächsten Mal, Hector.

Hector steigt in die Seilbahn. Cutrera verlässt die Anlegestelle und bewegt sich in Richtung Schloss.

Zweite Szene

Schauplatz: Treppenhaus im Südflügel. Salvatore Cutrera trifft auf Don Pedro – beide gehen in den ersten Stock.

DON PEDRO: Salvatore, du auch hier, zu dieser frühen Stunde?

CUTRERA: Ich habe mich noch von jemandem verabschiedet.

DON PEDRO: Wer ist denn gegangen?

CUTRERA: Hector von Döber – gerade eben.

DON PEDRO: Hector ist gegangen? *Schüttelt den Kopf* Dabei könnte Donatella ihn jetzt mehr denn je brauchen.

CUTRERA: Weshalb? Was ist geschehen?

Beide betreten nun den Flur des ersten Stocks und bewegen sich in Richtung Herrensalon.

DON PEDRO: Donatella ist in dieser Nacht angegriffen worden. Es war der Eindringling, der wahrscheinlich auch Esposito getötet hat.

CUTRERA: *geschockt* Was?

DON PEDRO: Er hat Donatella schwer am Bein verletzt, aber sie hat zurückgeschlagen und ihn dabei umgebracht.

CUTRERA: *hält sich die Hand an die Stirn* Bei meiner Seele. Aber der Attentäter ist jetzt gefasst?

DON PEDRO: Nun, wenn er tot ist, dann ist er auch gefasst, ja.

CUTRERA: Wie ist Donatellas Zustand?

DON PEDRO: Recht kritisch, aber sie liegt nicht im Sterben.

CUTRERA: Das ist gut zu hören.

Beide betreten den Herrensalon. Banco und Limbo sind dort.

DON PEDRO: *zu Cutrera* Würde es dir etwas ausmachen, mich mit meinen Brüdern allein zu lassen?

CUTRERA: Aber nein. Ich gehe.

Cutrera ab.

DON LIMBO: Du wolltest uns sehen, Pedro?

DON PEDRO: So, meine Brüder. Es gibt eine Sache, die ich mit euch bereden möchte. Die Wiedervereinigung ist mir minder wichtig, denn das größte Problem ist hier ganz offensichtlich Donatella und der rücksichtslose Umgang mit ihr.

CONTES BANCO: Rücksichtslos?

DON PEDRO: Du hörst richtig. Denn anscheinend liegt es im Interesse unserer Mamma, Donatella als Mittel zum Zweck zu benutzen. Erst entzweit sie Donatella von ihrem Freund Hector, dann verheiratet sie sie noch mit diesem unanständigen di Moro Jungen und flößt ihr nun permanent ein, ihre sogenannten Pflichten wahrzunehmen, was übersetzt bedeutet, die eigene Identität, das eigene Leben aufzugeben für Mammas Machenschaften. Das geht nicht in

Ordnung. *Zu Banco* Und du als ihr Vater müsstest einschreiten, scheinst Mammas Kontrollzwang jedoch zu akzeptieren. Ist dir deine Tochter völlig unwichtig oder begrüßt du es, dass sie ihre Identität aufgibt?

CONTES BANCO: Es ist nicht nötig, sich gegen jeden aufzubäumen, Pedro. Es scheint, als würdest du das einzig Wichtige vergessen: die Pflicht. Auch du hast Pflichten, Pedro, oder hattest sie und du hast in deinem Leben versagt, weil du außerstande warst, ihnen konsequent nachzugehen.

DON PEDRO: Es mag sein, dass ich diesen Pflichten nicht nachgegangen bin, aber ein Versagen ist mein Leben nicht. Denn ich habe im Vergleich zu euch beiden etwas viel Schöneres gelernt: Liebe, Leid, Trauer, Fehler und Unvollkommenheit. Mamma kennt das alles nicht, zumindest kennt sie es jetzt nicht mehr. Aber ich habe wahrlich gelebt – und Donatella ein solches Leben zu verwehren, ist verwerflich.

DON LIMBO: Du übertreibst. Wir sind keine Skulpturen aus Beton, die keine Gefühle haben.

DON PEDRO: Oft erscheint ihr aber so, und ich denke, dass das teilweise wahr ist.

CONTES BANCO: Pedro, was bezweckst du mit diesem Gespräch?

DON PEDRO: Dinge sind am Laufen, Banco, vieles gerät außer Kontrolle und die Sache um Donatella ist eines davon. Ich versuche, die falsche Bevormundung, die ihr von ihren Nächsten entgegengebracht worden ist, zu beenden und sie wieder auf den richtigen, nämlich ihren Weg zu bringen. Banco, noch ist es nicht zu spät, Donatella wieder zu einem Menschen, zu einer Frau, zu deiner Tochter zu machen, es hängt von dir als ihrem Vater ab. Begehe nicht noch mehr Fehler oder Donatella, wie wir sie kennengelernt haben und kennen, wird für immer verschwinden, ersetzt durch das falsche Abbild einer pflichtbewussten Kronprinzessin.

CONTES BANCO: Ich stimme Limbo zu, du übertreibst.

DON PEDRO: Mich überrascht tatsächlich, wie kaltherzig und sturköpfig ihr seid. Da merkt man, ihr seid wahrlich Mammas Söhne.

CONTES BANCO: Und mich überrascht, dass du immer noch derselbe geblieben bist nach all den Jahren. Immer noch emotional, sensibel, temperamentvoll und impulsiv – eine Beleidigung alles Rechtschaffenen.

DON PEDRO: Rechtschaffen und emotional sein, sind keine Gegensätze.

CONTES BANCO: Aber du bist der Gegensatz zu alledem, wofür unsere Familie steht, das schwarze Schaf unter weißen.

DON PEDRO: Ich bin am liebsten ein tiefenschwarzes Schaf ohne den kleinsten weißen Fleck, als allen anderen marionettenhaften Schafen zu gleichen.

DON LIMBO: Kommt schon, hören wir mit den Metaphern auf.

DON PEDRO: Metaphorik drückt am besten aus, wie es um unsere Familie steht.

CONTES BANCO: Hast du uns sonst noch etwas zu sagen, Pedro?

DON PEDRO: Nein, wir haben uns nichts mehr zu sagen.

CONTES BANCO: So denke ich auch.

DON PEDRO: Ich ziehe mich zurück. Geht weiter euren falschen Geschäften nach. Ich will nicht stören.

CONTES BANCO: Gehabe dich wohl.

Dritte Szene

Schauplatz: Zimmer 105, Donatella della Roveres Gemach.

Donatella liegt im Bett, die Hausdame packt einen Koffer mit Arzneien zusammen, Nena della Rovere, die Gräfinwitwe, sitzt auf dem Bett neben Donatella.

HAUSDAME: Ich empfehle Ihnen Ruhe, mein Fräulein. Bitte vermeiden sie ruckartige Bewegungen, bleiben Sie am besten einfach im Bett. Ich werde später vorbeikommen und mir den Verband ansehen.

TELLA: Danke, Donna Dorotea.

CONTESSA VEDOVA: Ja, danke, Dorotea.

Die Hausdame macht einen Knicks und geht.

CONTESSA VEDOVA: Wie fühlst du dich, Liebes?

TELLA: Ich konnte kaum schlafen, weil mir ein Attentäter um Mitternacht ein Messer in den Oberschenkel gerammt hat und ich jetzt bewegungslos wie eine Salatgurke im Bett verweile.

CONTESSA VEDOVA: Aber immerhin bist du eine lebendige Salatgurke. Das ist der große Unterschied. Es hätte dich nämlich noch viel schlimmer treffen könne, wärst du nicht halbwach gewesen.

TELLA: So ist es.

CONTESSA VEDOVA: *beginnt zu lachen* Und du hast ihm tatsächlich eine Schachfigur in sein Auge geschlagen?

TELLA: *grinst* Ich wusste nicht, dass es sein Auge war. Ja, es war die weiße Dame.

CONTESSA VEDOVA: Ein Glück, dass er sich den Kopf angestoßen hat, sonst hätte er vermutlich einen weiteren Versuch gestartet.

TELLA: Nun ja, er hat sich nach Huartes Einschätzung das Genick gebrochen, als er gestürzt ist.

CONTESSA VEDOVA: *zuckt mit den Schultern* Das kommt davon, wenn man nachts in die Gemächer von jungen Frauen einbricht und sie mit einem Messer erstechen will.

TELLA: Hat man etwas über seine Identität herausgefunden?

CONTESSA VEDOVA: Tancredi Volpi heißt er, sein Deckname war Andrea Hatto, den er auch als Bediensteter benutzte. Man hat Briefe und Zettel bei ihm gefunden, die mich fürchterlich zum Nachdenken bringen.

TELLA: Weshalb?

CONTESSA VEDOVA: Tancredi hat nicht allein gehandelt und er war noch lange nicht das Meisterhirn hinter seinen Taten. Es gibt einen weiteren Maulwurf in diesem Schloss – und ich kann nicht erahnen, wer es sein könnte.

TELLA: Eine Art Kontaktperson, die ihm Befehle gegeben hat?

CONTESSA VEDOVA: Précisément. Er hat spioniert und der andere Maulwurf hat ihn für die Morde beauftragt. Indes gehe ich davon aus, dass Julia und Ignazio Tedesco sowie diese Augusta ebenfalls durch seine Hände verschwunden sind.

TELLA: Er hat sie auch getötet?

CONTESSA VEDOVA: Das ist bis jetzt meine einzige Erklärung.

TELLA: Diese Montanari ist sehr verdächtig. Sie ist die Einzige, die sich gegen die Wiedervereinigung ausgesprochen hat.

CONTESSA VEDOVA: Da bin ich anderer Ansicht. Aus verlässlicher Quelle ist mir bekannt, dass Julia Tedesco Montanari unterstützte. Es wäre ihr nicht von Vorteil, ihre einzige Mitstreiterin aus dem Weg zu räumen.

TELLA: Dann vielleicht Cutrera?

CONTESSA VEDOVA: Cutrera scheint mir verdächtig. Es gibt keinen Grund für ihn, hier zu sein. Und doch hat Pedro ihn eingeladen.

TELLA: Onkel Pedro hat oft versucht, mich davon abzuhalten, meine Pflichten wahrzunehmen.

CONTESSA VEDOVA: Hat er das? Das sieht ihm ähnlich. Aber du bist schlau genug, um selbst Pedros Manipulationen zu entwischen.

TELLA: Er ist außer sich.

CONTESSA VEDOVA: Weil er dich beneidet. Er erkennt dein Potential und er weiß, er hätte genauso werden können wie du, aber er war viel zu abgelenkt und viel zu schwach dafür.

TELLA: Das merkt man ihm nicht an.

CONTESSA VEDOVA: Weil er ein gewiefter Lügner ist. Ich kenne ihn, seit ich siebzehn Jahre alt bin – und er hat sich kein Stückchen verändert. Immer noch beschuldigt er mich der schlechten Erziehung, tut mich als kaltherzig und emotionslos ab, dabei ist seine Gesinnung selbst angetrieben vom inneren Feuer seines Temperaments und der Grund für seinen unvernünftigen Charakter.

TELLA: Ich möchte jetzt nicht vom Thema abschweifen, aber das ist noch die Sache, die ich mit dir bereden wollte.

CONTESSA VEDOVA: Ja, was?

TELLA: Du hast von der eisernen Frau gesprochen, die du nie werden konntest. Ich möchte sie sein, Großmutter, ich möchte die eiserne Frau sein.

CONTESSA VEDOVA: *schmunzelt* Dann hast du über meine Worte nachgedacht.

TELLA: Das habe ich. Ich möchte, dass du mich unterweist – du bist die perfekte Mentorin dafür, du weißt, welche Pflichten ich wahrzunehmen habe und wie ich sie wahrnehmen muss, du weißt, was sich gehört und was nicht. Eine Frau muss erst das Eisen kennen, bevor sie selbst eisern wird.

CONTESSA VEDOVA: Einverstanden, Donatella. Ich werde dir helfen, deinen Weg zu beschreiten.

TELLA: Und da gibt es noch etwas. Ich weiß nur nicht, ob ich dich das fragen darf.

CONTESSA VEDOVA: Was denn?

Es klopft an der Tür.

CONTESSA VEDOVA: Kann das nicht warten?

Contes Banco tritt ein.

CONTES BANCO: Nein, das kann es nicht.

CONTESSA VEDOVA: Ach, du Banco.

CONTES BANCO: Mamma, ich muss dich in das Büro bitten – der junge Mussolini ist dort, es geht um Augusta.

CONTESSA VEDOVA: *zu Tella* Entschuldige mich kurz, Liebes, es dauert sicher nicht lange. Und danach darfst du mir den Rest erzählen.

Geronimo di Moro tritt ebenfalls ein.

Vierte Szene

Tella, Nena della Rovere, die Gräfinwitwe, Contes Banco und Geronimo di Moro.

CONTESSA VEDOVA: *erfreut* Ah, und attraktive Gesellschaft hast du nun auch. Also, Banco, wir gehen dann mal.

Die Gräfinwitwe und Contes Banco ab.

GERONIMO DI MORO: Hallo, Donatella.

TELLA: Hallo, Geronimo. Was möchtest du?

GERONIMO: Nun ja, du bist meine künftige Ehefrau und bist vergangene Nacht mit einem Messer verletzt worden. Ich wollte dich sehen.

TELLA: Wie charmant, Geronimo.

GERONIMO: *setzt sich neben Tella auf das Bett*

TELLA: Ich wollte eigentlich etwas sehr Wichtiges mit meiner Großmutter besprechen.

GERONIMO: Und jetzt?

TELLA: Jetzt bist du gekommen.

GERONIMO: Ah, ich verstehe.

TELLA: Möchtest du mir etwas sagen?

GERONIMO: Ich wollte nur wissen, wie es dir geht.

TELLA: Offensichtlich nicht gut, aber ich kann dir versichern, dass ich nicht sterbe.

GERONIMO: Gut, das ist gut, das ist sehr gut. Wirst du denn wieder laufen können?

TELLA: Donna Dorotea hat sich dazu nicht geäußert, aber komme was wolle, ich werde wieder laufen.

GERONIMO: Ich bewundere deine Stärke und dein Durchhaltevermögen.

TELLA: Ich bin schlicht optimistisch.

GERONIMO: *nimmt Tellas Hände in seine* Bitte sage es, wenn du Hilfe brauchst. Ich mache mir große Sorgen um dich, Donatella.

TELLA: Du machst dich doch lustig über mich. Ich bin keine Hilfebedürftige noch werde ich eine sein. Danke für diese Hilfsbereitschaft, aber nein danke.

GERONIMO: Ich meine es ehrlich.

TELLA: Ich auch.

GERONIMO: *lässt ihre Hände los* Nun denn. Vergiss es aber nicht: Ich stehe immer neben dir.

TELLA: Im Moment sitzt du sogar neben mir.

Beide fangen an zu lachen.

GERONIMO: Ich möchte für dich da sein, hast du verstanden? So wie ein Mann seiner Frau zur Seite steht.

TELLA: Nein, Geronimo, du hast die Rollen verwechselt, so wie die Frau ihrem Mann zur Seite steht. Ich bin es, die deine Stütze ist. Das ist meine Pflicht.

GERONIMO: Wie du meinst – solange du mich liebst.

TELLA: *schweigt*

GERONIMO: Donatella?

TELLA: Geronimo?

GERONIMO: Liebst du mich?

TELLA: Vergiss du bitte nicht, dass unser Zweibund arrangiert ist – es ist das Werk meiner und deiner Eltern. Noch ist nichts aus reiner Liebe geschehen – aber noch ist nicht niemals. Wir müssen uns noch richtig kennenlernen, Geronimo. Natürlich, du bist ein hünenhafter junger Mann und einige Geschichten habe ich über dich gehört, aber um mein ganzes Leben mit dir verbringen zu können, muss ich erst wissen, wie dein Leben aussieht.

GERONIMO: Immer, Donatella, zu jeder Zeit darfst du mich kennenlernen. Ich will es auch – ich will dich kennen und ich will, dass du mich kennst. Denn ich bin zuversichtlich, du bist mein Puzzlestück.

TELLA: *geschmeichelt* Obwohl du etwas rau wirkst, kannst du doch ziemlich süß sein.

GERONIMO: *schalkhaft* Wie hast du mich gerade genannt?

TELLA: *wird rot*

GERONIMO: *beugt sich nah an ihr Gesicht* Was hast du gesagt?
Grinst

TELLA: Nichts, nichts, Geronimo. *Beginnt zu lachen*

GERONIMO: Du hast mich süß genannt?

TELLA: *schüttelt lachen den Kopf*

GERONIMO: Du hast mich süß genannt!
Beide lachen.

TELLA: *ironisch* So, Don Geronimo, kehren wir nun zur Vernunft zurück und seien Leute des Anstands.

GERONIMO: *wischt sich die Tränen aus den Augen* Leute des Anstands, hört hört!

TELLA: *wedelt mit dem Zeigefinger* Ich muss immer noch mit meiner Großmutter sprechen.

GERONIMO: Und sie ist im großen Büro – du bist hier.

TELLA: Na dann gehe ich eben zum großen Büro.

GERONIMO: *steht vom Bett auf und nimmt Donatella aus dem Bett in seine Arme* Nein, wir gehen zum großen Büro.

TELLA: *lacht* Wenn du mich fallen lässt, bist du ein toter Mann.

GERONIMO: Ich würde dich nie fallen lassen.

Fünfte Szene

Schauplatz: Büro des Mafiafürsten. Nena della Rovere, die Gräfinwitwe, sitzt auf dem Sessel, Contes Banco steht neben ihr, Benito Mussolini steht vor ihnen.

BENITO MUSSOLINI: Ich halte nichts von Exzellenzen und hohen Würdenträgern, Donna Nena, deshalb sage ich es geradewegs heraus: nein.

CONTESSA VEDOVA: *bückt sich nach vorne* Benito, deine sozialistischen Hirngespinste sind mir mehr als gleichgültig – es geht um die große Sache und da deine Tante abwesend ist, bist du verpflichtet, ihren Platz und ihre Stimme zu vertreten.

BENITO MUSSOLINI: *entschlossen* Nein.

CONTESSA VEDOVA: Das darfst du sagen, sooft du willst – doch es ändert nichts. Du musst dich für eine Seite entscheiden und du entscheidest dich für unsere.

BENITO MUSSOLINI: Ich bin nicht bestechlich und gebe nicht nach. Ich werde mich enthalten, da ich in euren sinnfreien, kriminellen Machenschaften nicht verwickelt sein möchte. Nein, es ist ganz einfach und ich kann es Ihnen auf ein Blatt schreiben: n-e-i-n.

CONTESSA VEDOVA: Weißt du, was ich gleich auf ein Blatt schreiben werde? Eine Nachricht an König Umberto, damit sie die nächstbeste Guillotine bereitstellen und dich köpfen sollen, wie es die Franzosen mit Marie-Antoinette gemacht haben, die im Übrigen eine Urgroßtante zweiten Grades von mir war.

BENITO MUSSOLINI: Sehr bemerkenswert. Aber das überzeugt mich immer noch nicht.

CONTES BANCO: Gut, wenn das dein Schlusswort ist, belassen wir es. *An die Gräfinwitwe* Das wird letztlich eine Sache des Tafelrichters sein.

CONTESSA VEDOVA: Wenn es denn sein soll. *An Benito* Du darfst gehen.

BENITO MUSSOLINI: Endlich.

CONTESSA VEDOVA: Geh jetzt, bevor mir noch etwas einfällt.

Benito Mussolini ab.

CONTESSA VEDOVA: Es erstaunt mich nicht, dass Augusta verschwunden ist. Hätte ich so einen Neffen, wäre ich längst in Mata Utu.

CONTES BANCO: Das liegt wo?

CONTESSA VEDOVA: Am anderen Ende der Welt.

Es klopft an der Tür.

CONTESSA VEDOVA: *seufzt* Wieso muss immer jemand an der Tür klopfen?

TELLAS STIMME: Großmutter, bist du da? Ich bin es, Tella.

CONTESSA VEDOVA: *verdutzt* Tella? Wie kannst du denn hier sein?

Tella öffnet die Tür, getragen von Geronimo, der das Zimmer betritt.

CONTES BANCO: *hebt überrascht die Brauen*

CONTESSA VEDOVA: *klatscht in die Hände* Das ist ja ein romantisches Gemälde von euch beiden hier. Aber du solltest doch im Bett bleiben, Liebes.

TELLA: Ich musste dich sprechen.

CONTESSA VEDOVA: Ich wäre doch zu dir gekommen, nachdem ich das Geschäftliche erledigt hätte.

TELLA: Das dauerte zu lange.

Geronimo positioniert Tella in einem Stuhl.

TELLA: *an Geronimo* Danke dir.

CONTES BANCO: Soll ich gehen?

TELLA: Nein, Vater, du darfst mitanhören, was ich zu sagen habe – es betrifft dich nämlich ebenfalls.

CONTESSA VEDOVA: Nun gut, raus mit der Sprache – sonst explodiere ich noch vor Neugierde.

TELLA: Ich habe dir gesagt, dass ich die eiserne Frau sein möchte. Deshalb bin ich zu folgendem Schluss gekommen: Ich möchte jetzt sofort die Pflichten übernehmen, die mit dem

Rang des Oberhaupts einhergehen – ich möchte jetzt die Contessa della Rovere sein.

CONTES BANCO: *baff*

GERONIMO DI MORO: *baff*

CONTESSA VEDOVA: *baff*

TELLA: Es ist mir nur möglich, meinen Pflichten nachzugehen, wenn ich auch die entsprechende Hierarchie einnehme, die mir zusteht. Und du hast mir versprochen, bei dem Wahrnehmen meiner Pflichten zu helfen. Nun ersuche ich dich um diese Hilfe, Großmutter.

CONTESSA VEDOVA: *räuspert sich* Ich bin tatsächlich explodiert – aber nicht vor Neugierde, sondern vor… Verduztheit. Also, ich meine… nun… ich bin etwas sprachlos geworden.

CONTES BANCO: *mit mahnender Stimme* Vielleicht hättest du das zuerst mit mir besprechen sollen, dem jetzigen Conte della Rovere, bevor du damit deine betagte Großmutter belästigst.

CONTESSA VEDOVA: *schießt einen scharfen Blick auf Banco* Wie hast du mich genannt?

TELLA: Ich weiß, was ihr denkt – und du, Papa, bist sicher nicht erfreut über meinen Entschluss. Doch ich bleibe fest entschlossen, dass das der einzige und richtige Weg ist.

CONTES BANCO: Es ist dir nicht möglich, das Oberhaupt zu werden, weil ich es bin.

TELLA: Aber es war möglich, Onkel Pedro aus der Erbfolge zu werfen oder mich Genoveffa vorzuziehen – das war also möglich?

CONTESSA VEDOVA: an *Banco* Sie hat durchaus recht.

CONTES BANCO: Ach, also können wir mir nichts dir nichts jeden aus der Familie zum Oberhaupt ernennen? Gibt es denn keine Regulation? Mamma, ich bitte dich – das ist unvernünftig.

CONTESSA VEDOVA: Du hast nicht zu bestimmen, was vernünftig ist und was nicht. Aber ich sehe durchaus die Beweggründe, die Tella zu diesem Entschluss kommen lassen.

CONTES BANCO: Hierbei braucht es meine Zustimmung und ich stimme dem nicht zu. Nur wenn das amtierende Oberhaupt dahinscheidet oder aus rechten Gründen zur Abdankung getrieben ist, ist ein neues zu wählen. Alles andere ist gegen den Hohen Kodex.

TELLA: Vater, sei bitte ehrlich, du hast nie wirklich hohen Wert auf den Kodex gelegt. Oder möchtest du etwa behaupten, du wärest ein Mann von Ehre und der großen Sache?

CONTES BANCO: *erzürnt* Wie kannst du so etwas Dreistes sagen?

CONTESSA VEDOVA: Still, Banco. Deine Tochter hat nicht unrecht, was das angeht. Deshalb ist es unser beider Pflicht, aus ihr ein Oberhaupt zu machen, das um das Zehnfache besser ist, als wir es je sein könnten. Und du wärst blind, würdest du ihr Potential nicht erkennen.

CONTES BANCO: Darin stimme ich dir zu, aber den Rang des Oberhaupts gebe ich nicht ab – nur über meine Leiche.

GERONIMO DI MORO: Ich wäre vorsichtig mit einem solchen Ultimatum, Contes Banco. In diesem Schloss kann so etwas schnell Realität werden.

CONTES BANCO: *tritt erzürnt vor Geronimo* Traue dich doch.

CONTESSA VEDOVA: Banco, Mann! Ich reiße dich in Stücke, wenn du nicht einrastest. Erinnere dich, wer in dieser Familie das letzte Wort hat.

CONTES BANCO: Ich bin der Conte della Rovere.

CONTESSA VEDOVA: *erhebt sich* Und ich bin deine Mutter, die Witwe deines Amtsvorgängers. Ich bin der Anfang, ich bin das Ende, Alpha und Omega in Personalunion. Mein Wort ist Gebot. Vergiss das nie, Banco, solange ich lebe.

CONTES BANCO: *tritt zurück und verschränkt die Arme*

CONTESSA VEDOVA: *setzt sich* Donatella, ich respektiere diesen Wunsch und ich werde alles in meiner Macht Stehende tun, um diesen Wunsch zu erfüllen. Doch ohne die Zustimmung deines Vaters sind mir tatsächlich bis auf Weiteres die Hände gebunden.

TELLA: Vater, du kannst mich doch nicht im Stich lassen. Du wolltest doch selbst, dass ich meine Pflichten wahrnehme. Wieso lässt du es jetzt nicht zu?

CONTESSA VEDOVA: Ja, Banco, erkläre uns das, aber wähle deine Worte weise, denn hier geht es um die Zukunft unserer Familie.

CONTES BANCO: Lasst uns erst einmal den heutigen Tag überleben. Zuerst sollten wir unsere volle Aufmerksamkeit der Wiedervereinigung widmen. Danach können wir hierüber reden.

TELLA: Ich möchte nun aber jetzt hierüber reden. Denn ich möchte dabei sein, bei der Wiedervereinigung, als ein Mitglied der Tafelrunde.

CONTES BANCO: Das geht nicht. Die Mitglieder werden gewählt oder nehmen bestimmte Funktionen ein. Du darfst nur eine Vertretung sein.

CONTESSA VEDOVA: Und du, Banco, wirst Schriftführer sein.

CONTES BANCO: *überrascht* Bitte was?

CONTESSA VEDOVA: Ich werde als Gastgeberin die Versammlung leiten.

CONTES BANCO: Das ist unfair – ich bin das Oberhaupt der Familie.

CONTESSA VEDOVA: Führe dich nicht wie ein Kind auf, Banco. Jetzt wünsche sogar ich, dass Donatella sofort die Führung übernimmt.

TELLA: Ich nehme das nicht hin. Ich bin bei der Abstimmung dabei, ob ihr wollt oder nicht.

CONTES BANCO: Es ist dir nicht gestattet, Tella.

CONTESSA VEDOVA: Nein, ich erlaube es ihr.

CONTES BANCO: Was für ein Schwachsinn. Das ist nicht möglich.

CONTESSA VEDOVA: Und ob es das ist. Ich werde die Stimme der Roverefamilie mit Donatella teilen.

TELLA: Ich danke dir, Großmutter.

CONTESSA VEDOVA: *an Banco* Gönne ihr doch etwas Freiheit, sie verdient es mehr als alle anderen.

CONTES BANCO: *hebt die Hände* Ich sage nichts mehr, denn anscheinend sind meine Stellung und somit mein Wort nicht von Bedeutung.

CONTESSA VEDOVA: Pfff, wie dramatisch.

TELLA: Nun gut, ich bin damit einverstanden, dass wir dieses Thema nach der heutigen Versammlung besprechen. Aber mein Entschluss bleibt endgültig, ist das verstanden.

CONTES BANCO: Wenn es so sein soll.

CONTESSA VEDOVA: Sehr gut. Dann dürfen wir uns tatsächlich wieder dem großen Tagesordnungspunkt widmen. *An Banco* Wann ist es denn soweit?

CONTES BANCO: Huarte wird uns abholen.

CONTESSA VEDOVA: Also müssen wir auf ihn warten?

CONTES BANCO: Ja.

CONTESSA VEDOVA: *seufzt*

Es klopft an der Tür.

CONTESSA VEDOVA: Ja, herein.

Huarte betritt den Raum.

CONTESSA VEDOVA: Wenn man vom Teufel spricht. *Lacht*

HUARTE: *verneigt sich vor der Gräfinwitwe*

CONTES BANCO: Ist es soweit, Huarte?

HUARTE: *nickt*

CONTES BANCO: Gut. Gehen wir.

TELLA: *zu Geronimo* Ich brauche dich wieder.

GERONIMO DI MORO: Zu deinen Diensten!

Sechste Szene

Schauplatz: Vor den geschlossenen Türen der Tafelrunde.

Aghatella di Moro wartet dort. Salvatrice Montanari
erscheint.

MONTANARI: Aghatella.

AGHATELLA DI MORO: Salvatrice?

MONTANARI: Ich hoffe, du konntest gut schlafen,
Verräterin.

AGHATELLA DI MORO: Deine Beleidigungen darfst du dir
schenken. Du hattest doch nicht wirklich geglaubt, jeden
einfach so herumkommandieren zu können? In diesem
Schloss bist du machtlos, denn hier herrscht der Hohe Kodex.

MONTANARI: Tut er das? Der Hohe Kodex setzt voraus,
dass die Ehrenfrauen und Ehrenmänner sich der Ehre
bewusst sind – aber du, Aghatella, bist ehrenlos, da du dein
Versprechen und deine Treue mir gegenüber gebrochen hast.
Unehrenhafter geht es nicht.

AGHATELLA: Siehe es ein, Salvatrice: Die
Wiedervereinigung wird kommen. Du wirst dich ihr noch so
oft widersetzen können, aber sie wird kommen.

MONTANARI: Du weißt ganz genau, dass ich mich nicht
geschlagen gebe. In wenigen Minuten werden wir erfahren,
auf welche Seite das Blatt gewendet wird – und du wirst es

jetzt schon bereuen, mich hintergangen zu haben. Fragst du dich denn nicht, was mit Augusta Mussolini geschehen ist?

AGHATELLA: *zieht die Brauen zusammen* Du hast doch nicht…

MONTANARI: *nickt* O doch. Deshalb wiederhole ich: Siehe dich vor, Aghatella. Jeder deiner Schritte, jeder deiner Gedanken wird beobachtet. Das ist meine letzte Warnung an dich.

AGHATELLA: *runzelt die Stirn* Du bist wahrlich grausam, Salvatrice. Alle Geschichten und Gerüchte über dich stimmen. Du bist ein grausamer Mensch.

MONTANARI: Ich bin nicht grausam, ich bin menschlich.

AGHATELLA: Jeder Unmensch würde das, was du tust, die Art und Weise, wie du denkst, tadeln.

MONTANARI: Glaube ruhig an deine Illusionen.

Nena della Rovere, die Gräfinwitwe, Contes Banco, Huarte und Tella, getragen von Geronimo, erscheinen.

CONTESSA VEDOVA: Gibts hier eine Séance oder habe ich wieder etwas verpasst?

AGHATELLA: Nichts, Eure Exzellenz. Wir warten lediglich darauf, in den großen Saal eintreten zu können.

CONTESSA VEDOVA: Huarte, Sie dürfen die Türen öffnen.

Huarte kramt einen Schlüssel aus seiner Jackettasche.

MONTANARI: *schaut Tella und Geronimo an* Was soll das?

CONTESSA VEDOVA: Eine Gymnastikübung, Salvatrice. Hast du denn nicht davon gehört, dass Donatella heute Nacht von einem Attentäter angegriffen worden ist?

MONTANARI: Nein, aber ganz offensichtlich hat er seine Arbeit nicht erledigt.

CONTESSA VEDOVA: Nicht ganz offensichtlich, sondern glücklicherweise.

MONTANARI: Natürlich.

Huarte öffnet die Türen.

CONTES BANCO: Treten wir ein.

Siebente Szene

Schauplatz: Tafelrunde. Die Herrschaften treten ein. Auch Taddeo Tedesco, Salvatore Cutrera und die Hausdame Dorotea erscheinen. An der westlichen Hälfte des Tisches sitzen v. r. n. l. Nena della Rovere, die Gräfinwitwe, in Funktion der Gastgeberin, Donatella della Rovere, als Stellvertreterin der Roverefamilie, - Geronimo di Moro hat den Raum verlassen – an der östlichen Hälfe v. r. n. l. Conte Banco Bonaventure della Rovere als Schriftführer, Salvatore Cutrera, Aghatella di Moro, Salvatrice Montanari und Taddeo Tedesco. Die Sitze von Melchiorre Esposito und Augusta Mussolini sind leer. Huarte übernimmt erneut die Funktion des Tafelrichters und Stabträgers, Dorotea die der Tafelsprecherin.

TAFELSPRECHERIN DOROTEA: Uns fehlt ein Mitglied, die Vertretung der Familie Mussolini.

CONTESSA VEDOVA: Ach ja, tatsächlich. Vielleicht können wir ohne sie starten?

TAFELSPRECHERIN DOROTEA: Solange ihr Dahinscheiden nicht bestätigt ist, muss jemand die Familie vertreten.

MONTANARI: Und einzig möglicher Vertreter ist der junge Benito.

CONTESSA VEDOVA: Er wird dem nicht zustimmen.

TAFELSPRECHERIN DOROTEA: Er muss. Tafelrichter, können Sie Benito Mussolini zu uns bringen?

TAFELRICHTER HUARTE: *nickt und geht*

CONTESSA VEDOVA: Das ist Zeitverschwendung.

MONTANARI: Wieso denn, weil Ihr befürchtet, er würde nicht auf Eurer Seite stehen?

CONTESSA VEDOVA: Ich bin kein Freund von Befürchtungen. Viel eher glaube ich, seine Präsenz in diesen vier Wänden wird den Prozess komplizierter machen, als es nötig ist.

TAFELSPRECHERIN DOROTEA: Mit Verlaub, Eure Exzellenz, es ist das Protokoll.

CONTESSA VEDOVA: Gewiss – das ist mir bewusst.

TELLA: Wieso fangen wir jetzt nicht an?

TAFELSPRECHERIN DOROTEA: Der Tafelrichter eröffnet die Sitzung mit dem Stabschlag.

CONTESSA VEDOVA: *leicht schalkhaft zu Tella* So verlangt es das Protokoll.

Tafelrichter Huarte und Benito Mussolini – leicht verärgert – erscheinen.

BENTIO MUSSOLINI: Ich hatte meine Ansichten zu dieser Sache doch klar und genug dargelegt – wieso muss ich dennoch hier sein?

244

CONTESSA VEDOVA: Jetzt setz dich hin und maule nicht.

TAFELSPRECHERIN DOROTEA: Bitte, Signore Mussolini, setzen Sie sich. Sie sind dazu verpflichtet, im Namen Ihrer Familie an der heutigen Sitzung teilzunehmen.

BENITO MUSSOLINI: Meinetwegen. Aber ich werde hier nicht den Fünfsterne-Politiker spielen, klar?

MONTANARI: Du bist hier nicht im Parlament.

TAFELSPRECHERIN DOROTEA: Ich bitte nun um Ruhe.

TAFELRICHTER HUARTE: *schlägt dreimal mit dem Stab auf den Boden*

Die Gastgeberin erhebt sich.

CONTESSA VEDOVA: Gemäß des Hohen Kodex empfange ich, die Gastgeberin, die Stabschläge des Tafelrichters und eröffne die zweite Sitzung der zweiten Versammlung der Tafelrunde. Ich übergebe das Wort an die Tafelsprecherin.

Setzt sich

TAFELSPRECHERIN DOROTEA: Folgende Mitglieder der Tafelrunde haben sich versammelt: die Gräfinwitwe Nena della Rovere, Stellvertreterin der Familie della Rovere, Salvatore Cutrera, Stellvertreter der Corleonesi, Aghatella di Moro, Oberhaupt der Familie di Moro, Augusta Mussolini, Oberhaupt der Familie Mussolini, vertreten durch Benito Mussolini, Taddeo Tedesco, Oberhaupt des Clans

Casagrande, Melchiorre Esposito, Oberhaupt des Clans Ferrari, verstorben, und Salvatrice Montanari, Oberhaupt des Clans Montanari. Erster Tagesordnungspunkt der zweiten Sitzung der zweiten Versammlung der Tafelrunde: letzte Absprache und endgültige Abstimmung über den Beschluss der Wiedervereinigung. Zweiter und letzter Tagesordnungspunkt: letzte Absprache und Wahl des Mafiafürsten. Das erste Wort zu Tagesordnungspunkt eins hat die Gastgeberin Nena della Rovere für Familie della Rovere.

Nena della Rovere erhebt sich erneut.

CONTESSA VEDOVA: Ich fasse mich kurz – denn in der Kürze liegt die Würze.

MONTANARI: *rollt die Augen*

CONTESSA VEDOVA: Die Welt ist im Wandel – und die Wiedervereinigung der großen Clans und Familien Süditaliens ist ein elementarer Schritt hin zur globalen Erstarkung unserer Sache. Wenn wir in einem Zeitalter kosmopolitischer Strömungen, industrieller Aufschwünge, des Aufblühens der Internationalität und des Verfalls aller Provinzialität mitlaufen wollen, müssen wir diesen Schritt wagen. Das bevorstehende 20. Jahrhundert wird große Veränderungen mit sich bringen. Wir dürfen nicht zulassen, dass diese Veränderungen unserer Sache schaden. Andere haben diese Reform längst durchgeführt und sich neben politischen und nationalistischen Großmächten behauptet, wie lange sollen wir also darauf warten? Von nichts kommt nichts. Daher möchte ich mit Genehmigung der Tafelsprecherin jetzt die endgültige Stimme abgeben: Im Namen der Familie della Rovere positionieren wir, Donatella und Nena della Rovere, uns für die Wiedervereinigung unserer Clans und Familien. Vielen Dank.

Nena della Rovere setzt sich.

TAFELSPRECHERIN DOROTEA: Hiermit habt Ihr Eure Stimme abgegeben, Gräfinwitwe. Nächste Rednerin für Familie di Moro: Aghatella di Moro.

Aghatella di Moro erhebt sich.

AGHATELLA DI MORO: Vielen Dank, Tafelsprecherin. Ich kann im Namen meiner Familie der Gräfinwitwe nur zustimmen, was die Dringlichkeit und Notwendigkeit dieser Unternehmung hier betrifft. Es wäre ein fataler Fehler, im Angesicht der wahrhaftigen Realität ein solches Bündnis nicht zu formen. Nicht nur sind die großen Clans und Familien Süditaliens dann eine große Gemeinschaft, die sich finanziell und militärisch unterstützt, wir sind auch eine Gemeinschaft des Friedens und zusammen werden wir unsere Machtbereiche weiter ausweiten und unsere Macht festigen, ohne jeglichen Streit und Dissens zwischen den Familien und Clans. Diese Chance müssen wir nutzen – und da sie uns nun gegeben ist, sollten wir nicht länger zögern. Auch ich möchte mit Genehmigung der Tafelsprecherin meine Stimme abgeben: Die Familie di Moro stellt sich hinter die Roverefamilie und begrüßt die Wiedervereinigung der süditalienischen Clans und Familien.

Aghatella di Moro setzt sich.

TAFELSPRECHERIN DOROTEA: Sie haben Ihre Stimme damit abgegeben. Für die Familie Mussolini: Benito Mussolini.

BENITO MUSSOLINI: Muss ich jetzt auch aufstehen?

CONTESSA VEDOVA: *hält sich die Hand an die Stirn*

TAFELSPRECHERIN DOROTEA: Damit erweisen Sie dieser Räumlichkeit und ihren Funktionären den nötigen Respekt.

BENITO MUSSOLINI: *erhebt sich höchst widerwillig* Ungern wiederhole ich mich, aber mir scheint, ich müsse meine Ansichten hier und offiziell ein letztes Mal darlegen. Ich habe mit dieser großen Ehrensache eurer verbrecherischen Sekten nichts zu schaffen, ich kenne mich damit nicht aus und möchte mich damit auch nicht auskennen. Daher fasse ich mich kurz: Ich – im Namen meiner Familie – bin weder für noch gegen die Wiedervereinigung. Das ist mein allerletztes Wort in dieser Angelegenheit und ich verhandle nicht.

Benito Mussolini setzt sich.

TAFELSPRECHERIN DOROTEA: Nun, das ist höchst überraschend, da auch unmöglich. Sie müssen sich für eine der beiden Seiten entscheiden.

BENITO MUSSOLINI: Ich habe alles gesagt.

CONTESSA VEDOVA: *zu Tella* Ich sagte doch, er würde alles komplizierter machen.

TAFELSPRECHERIN DOROTEA: *wechselt einen Blick mit Huarte* Belassen wir es vorerst – der Tafelrichter und ich werden uns damit später genauer auseinandersetzen. Das Wort hat nun Salvatrice Montanari, für Clan Montanari.

Salvatrice Montanari erhebt sich.

MONTANARI: Schön. Auch ich möchte mich kurzfassen, weil höchstwahrscheinlich jeder hier im Raum meine Ansichten bereits kennt. Die Roverefamilie zielt auf nichts Gutes ab, sie haben suggestiv mehreren Individuen der Tafelrunde einen Glauben eingeflößt, die Wiedervereinigung gutheißen zu müssen, weil sie ja dem Besseren diene, dem Höheren, der – ich zitiere – globalen Erstarkung unserer Sache. Was ein törichter Versuch, uns hier einen solchen Schwachsinn zu unterbreiten. Ist es nicht merkwürdig, dass meine Vorrednerin, die Dame von der Familie di Moro, in der gestrigen Sitzung noch eine ganz andere Meinung radikal vertrat, nämlich die, dass eine derartige Wiedervereinigung mehr Nachteile als Vorteile nach sich zöge? Sehen Sie im Protokoll des Schriftführers nach. Ist es nicht merkwürdig, dass ausgerechnet nach dem grandiosen Auftritt der Gräfinwitwe und Fadenzieherin dieses ganzen Scherzes ein plötzlicher Sinneswandel im Hirne Aghatella di Moros stattgefunden hat? Ist es nicht merkwürdig, dass sich besagte Gräfinwitwe heimlich mit Mitgliedern der Tafelrunde trifft und sie zu bestechen und für ihre Machenschaften zu gewinnen versucht, wie es effektiv der Fall war mit Benito Mussolini? Wo sind der richtende Blick des Tafelrichters und die mahnenden Worte der Tafelsprecherin? Wieso erkennt niemand diesen tiefen Missbrauch des Hohen Kodex, den Mangel an Unbefangenheit und diesen ruchlosen Boykott der Roverefamilie? In einer Gemeinschaft, in der der Ton von solchen Extremisten bestimmt wird, herrscht kein Frieden und Stabilität ist fern – in einer solchen Gemeinschaft sehe ich meinen Clan nicht. Deshalb, mit Genehmigung der Tafelsprecherin, spreche ich mich gänzlich gegen die Wiedervereinigung aus.

Salvatrice Montanari setzt sich.

CONTESSA VEDOVA: O welch hochtrabende Worte.

TAFELSPRECHERIN DOROTEA: Nun gut, Ihre Stimme ist abgegeben. Nächster Redner für Corleone: Salvatore Cutrera.

Salvatore Cutrera erhebt sich.

CUTRERA: Entschuldigt bitte, wenn ich etwas innehalte – ich muss noch verarbeiten, was gerade gesagt worden ist. Donna Salvatrice, Sie werfen der Roverefamilie Boykott vor, dabei boykottieren Sie selbst ja jede andere Meinung in dieser Räumlichkeit. Nicht nur ist Ihnen gleich, welche anderen Standpunkte es in der Frage der Wiedervereinigung gibt, es scheint Ihnen ja ein Vergnügen zu sein, andere Mitglieder der Tafelrunde in aller Öffentlichkeit zu diskreditieren. Einer Situation, in der Sachlichkeit, Neutralität, also buchstäblich das Beiseitelegen der persönlichen Macht- und Sicherheitsinteressen, und in der auch ein gewisses Maß an Weitsicht erforderlich sind, einer solchen Situation sind Sie definitiv nicht gewachsen, denn Sie weisen keines der genannten Attribute auf. Daher ist es mir eine Freude, wenn Sie sich gegen die Wiedervereinigung entscheiden. Unsere große Gemeinschaft wird auch ohne den Clan Montanari erstarken. Frau Tafelsprecherin, ich spreche mich für die Wiedervereinigung aus. Vielen Dank.

Salvatore Cutrera setzt sich.

MONTANARI: *Kopf schüttelnd* Das ist ja lächerlich.

TAFELSPRECHERIN DOROTEA: Wir haben Ihre Stimme vernommen, Signore Cutrera. Letzter Redner für die Besprechung des ersten Tagesordnungspunktes ist Taddeo Tedesco für Clan Casagrande. Bitte erheben Sie sich.

Taddeo Tedesco erhebt sich recht mühsam.

DON TADDEO: *kratzt sich am Kragen* Nun denn. *Räuspert sich.* Jetzt haben wir viele Meinungen zu diesem doch kontroversen Thema gehört. Ich möchte in Sachen Ausgangslage, Bedingungen und Konsequenzen nicht jenes wiederholen, was in der gestrigen Sitzung bereits gesagt worden ist. Deshalb… also, ich möchte direkt zum Punkt kommen, um nicht allzu sehr um den heißen Brei zu reden, weil es ja doch ein wichtiges Thema ist, wenn Sie alle verstehen, was ich meine.

CONTESSA VEDOVA: *zu Tella* Bin ich blind oder ist das jetzt deine Schwester Lanna?

DON TADDEO: Nach eifriger Überlegung und Sondierung bin ich zu dem Entschluss gekommen, dass ich den von der Opposition gestellten Antrag auf Ablehnung der Gutheißung der Wiedervereinigung etwas widerwillig, aber doch, entgegen einiger Erwartung und tatsächlich entschieden abzulehnen imstande zu sein außerstande bin.

Taddeo Tedesco setzt sich.

CONTESSA VEDOVA: … Entschuldigung, was?

MONTANARI: Das heißt, Sie unterstützen mich, Don Taddeo?

TAFELSPRECHERIN DOROTEA: Bitte konkretisieren Sie das noch einmal dergestalt, dass jeder es versteht.

DON TADDEO: *erhebt sich* Ja, ich bin gegen die Wiedervereinigung. *Setzt sich*

TAFELSPRECHERIN DOROTEA: Somit ist Ihre Stimme abgegeben.

CONTESSA VEDOVA: *mit quadratischen Augen* Taddeo?

MONTANARI: Also ist nicht jeder hier benebelt. Gut gemacht, Taddeo.

TELLA: Aber wartet, wie steht es denn nun um die Stimme von Benito? Wie wird sie gewichtet?

TAFELSPRECHERIN DOROTEA: Darüber werden Huarte und ich uns sogleich unterhalten.

CONTESSA VEDOVA: Ja, unterhaltet euch schön – wir sind hier ja in einer Seifenoper, macht euch keinen Stress, Freunde.

TAFELSPRECHERIN: Nun gut. Die Stimmen sind abgegeben – aber zu einer Entscheidung ist es noch nicht gekommen. Denn momentan kollidieren beide Seiten aneinander und die Stimme Benito Mussolinis wird darüber entscheiden, ob die

Wiedervereinigung beschlossen wird oder ob weitere Absprachen geführt werden sollen. Bis auf Weiteres schließe ich die jetzige Sitzung und bitte die Mitglieder der Tafelrunde um Geduld. Sie dürfen sich nun zurückziehen und werden fristgerecht von Tafelrichter Huarte abgeholt.

MONTANARI: Das ist ja völlig beschämend.

TELLA: Wie, müssen wir erneut warten?

CONTESSA VEDOVA: Ja.

Die Mitglieder der Tafelrunde verlassen den Saal – Tafelrichter und -sprecherin bleiben für die Besprechung.

Achte Szene

Schauplatz: Treppenhaus im Südflügel. Nena della Rovere, die Gräfinwitwe, und Contes Banco steigen die Treppen hinauf.

CONTESSA VEDOVA: Wie konnte Taddeo sich nur gegen uns stellen? Jetzt hat es sogar den Anschein, dass es der Opposition gelingen könnte, sich durchzusetzen. Das wäre eine fatale Entwicklung der Umstände.

CONTES BANCO: Sollen wir zu den drastischen Mitteln greifen?

CONTESSA VEDOVA: Drastische Mittel? Wie drückst du das denn aus! Nein. Das ist zu früh – und zugleich etwas zu drastisch. Huarte und Dorotea sind für unsere Sache, sie werden sich mit Sicherheit richtig entscheiden.

CONTES BANCO: Das bedeutet?

CONTESSA VEDOVA: Das bedeutet, sie begründen die neutrale Stimme Mussolinis für substanzlos – dann haben wir mit Cutrera und di Moro die benötigte Mehrheit, um die Wiedervereinigung einzuleiten.

CONTES BANCO: Zwei große Clanhäuser werden dadurch ignoriert: Montanari und Casagrande.

CONTESSA VEDOVA: Montanari ist belanglos, aber Tedescos Verrat wird einen nicht sehr kleinen Schatten hinterlassen. Er wäre ein starker Bündnispartner gewesen und ich muss zugeben, dass ich seine Entscheidung bedauere.

CONTES BANCO: Wirklich?

CONTESSA VEDOVA: Ja, denn sie gibt mir das Gefühl, doch nicht alle Fäden in den Händen zu halten – und dieses Gefühl verabscheue ich zutiefst.

CONTES BANCO: Was sollen wir jetzt tun?

Beide betreten den zweiten Stock.

CONTESSA VEDOVA: Abwarten, bis die Entscheidung gefallen ist. Uns bleibt nichts anderes übrig.

CONTES BANCO: Das gefällt mir nicht, wirklich.

CONTESSA VEDOVA: Mir doch auch nicht.

CONTES BANCO: Und ich habe das unerträgliche Gefühl, dass etwas im Hintergrund aufkeimt und brodeln wird.

CONTESSA VEDOVA: Vielleicht ist es der Tee, ich habe Dorotea geben, einen schwarzen aufzusetzen.

CONTES BANCO: Sehr lustig, Mamma. Ich meine es ernst.

CONTESSA VEDOVA: Jaja, ich verstehe dich. Du hast deinen Revolver griffbereit?

CONTES BANCO: *tappt an seinen Gürtel*

CONTESSA VEDOVA: Den sieht man wirklich nicht.

CONTES BANCO: Und wo ist deiner?

Beide stehen vor der Tür des Büros des Mafiafürsten.

CONTESSA VEDOVA: Das willst du nicht wissen. *Öffnet die Türe*

Veffa und Lanna sitzen vor dem Tisch. Die Gräfinwitwe und Banco betreten das Büro.

CONTESSA VEDOVA: Nanu, was macht ihr beiden denn hier?

VEFFA: Wir wollten eigentlich nach Tella sehen, wo ist sie denn jetzt?

CONTESSA VEDOVA: Ich schätze mal bei Geronimo, woanders kann sie nicht sein, hehe.

LANNA: Wieso ist sie nicht in ihrem Zimmer? Kann sie wieder laufen?

CONTESSA VEDOVA: Natürlich kann sie wieder laufen – sie wurde nur um Mitternacht von einem Attentäter mit einem Messer angegriffen.

LANNA: Sehr schön.

VEFFA: Nein, du Dussel, natürlich kann sie noch nicht laufen.

CONTES BANCO: Eure Schwester möchte jetzt das Oberhaupt unserer Familie werden.

VEFFA: Was?

CONTESSA VEDOVA: Komm schon, Banco, das musst du nicht mit diesem Degout in der Stimme sagen. Donatella hat alles und jedes Recht dazu.

VEFFA: Ist das nicht etwas zu früh? Ich will mich ja nicht in die Geschichte mit der Erbfolge einmischen, aber Papa ist noch nicht tot.

CONTES BANCO: So ist es.

CONTESSA VEDOVA: Wann ist jemals etwas unkompliziert?

Neunte Szene

Schauplatz: Ein Flur des Schlosses, der Ballsaal, Speisesaal und Entrée verbindet und an das südliche Treppenhaus anbindet. Don Pedro trifft auf Taddeo Tedesco und Salvatore Cutrera.

DON PEDRO: Thaddäus, ich habe gehört, du hast dich entschieden.

DON TADDEO: So ist es, Pedro, wie abgemacht.

CUTRERA: Moment, ihr habt das abgemacht?

DON PEDRO: Es ist kompliziert, Salvatore, bemühe dich deshalb nicht darum, es zu verstehen. Aber ja, es war abgemacht.

CUTRERA: Von Minute zu Minute wird es hier interessanter.

DON TADDEO: Pedro, ich sage dir, ich kann nicht mehr!

DON PEDRO: Was ist passiert?

DON TADDEO: Ich kann hier nicht mehr weitermachen. Es geht um Julia und Ignazio – sie sind weg, Pedro, und nach der Enthüllung dieses Attentäters denke ich, sie sind tot.

DON PEDRO: Ich bitte dich, Thaddäus, sie werden sich bestimmt noch finden.

DON TADDEO: Nein, Pedro, sie sind tot. Ich weiß es, ich spüre es. Anselm ist nicht Versailles, man hätte sie längst gefunden, wären sie am Leben.

CUTRERA: Ich finde, Sie sollten die Hoffnung nicht aufgeben, Don Taddeo.

DON TADDEO: Wer hat denn schon Hoffnung? In Anselm gewiss niemand.

DON PEDRO: Verständlich, mein alter Freund. Ich möchte dir nichts zumuten – du hast deinen Teil der Abmachung eingehalten und es steht dir zu, dich zurückzuziehen.

DON TADDEO: Danke, Pedro. Es ist wahrlich schmerzhaft…

DON PEDRO: Ich möchte mir nicht vorstellen, was du empfindest.

CUTRERA: Werden Sie Anselm jetzt verlassen, Don Taddeo?

DON TADDEO: Jetzt nicht. Erstmal gehe ich in mein Zimmer zurück, ich werde meine Sachen packen. Spätestens an diesem Abend werde ich fortgehen. Ich muss den Rest meiner Familie und meinen Clan von Julias und Ignazios Ableben unterrichten – und wir veranstalten eine Trauerfeier. Pedro, du bist herzlich eingeladen, und Sie, Cutrera, dürfen auch kommen.

CUTRERA: *nickt*

DON PEDRO: Wir sehen uns, alter Freund. *Klopft ihm die Schulter*

CUTRERA: Wo warst du eigentlich während der Sitzung, Pedro? Dein Bruder hat die Schriftführung übernommen.

DON PEDRO: Es war meine Entscheidung, nicht an dieser Sitzung teilzunehmen. Ich lasse Mamma ruhig ihre Fäden spinnen – außerdem wäre ich ihr nur ein Dorn im Auge.

CUTRERA: Du sorgst dich um Donatella, ist es nicht so?

DON PEDRO: Ja…

CUTRERA: Ich möchte sogleich zu ihr und den Abschiedsbrief überreichen, den Hector ihr geschrieben hat.

DON PEDRO: Welcher Abschiedsbrief?

CUTRERA: Es wäre besser, Donatella liest ihn zuerst.

DON PEDRO: Aber natürlich.

DON TADDEO: Also dann, meine Herren.

Sie reichen sich alle die Hände.

Zehnte Szene

Schauplatz: Entrée. Salvatrice Montanari und Busco und Cusco sind versammelt.

BUSCO: Wie sieht es aus?

MONTANARI: Momentan steht es zwei zu drei. Bemerkenswert ist, dass Taddeo auf meine Seite gewechselt ist. Damit stehen meine Chancen aber nicht besser. Es liegt nun an Huarte und Dorotea, über das Endprodukt zu entscheiden. Und weil sie der Gräfinwitwe wie Hunde die Stiefel lecken, werden sie Mussolinis Stimme nicht gelten lassen – damit haben die Roveres die nötige Mehrheit. In diesem Sinne also habe ich versagt.

CUSCO: Aber noch ist nichts verloren, Donna Salvatrice!

MONTANARI: Das stimmt. Der Verlust von Tancredi Volpi kam tatsächlich unerwartet und nun haben wir einen Verbündeten weniger, aber nichts hindert uns. Seid ihr beide denn bereit, sind alle Vorkehrungen getroffen?

BUSCO: Ja, Donna Salvatrice.

MONTANARI: Dieses Mal muss alles reibungslos verlaufen – uns darf kein Fehler unterlaufen, versteht ihr?

BUSCO und CUSCO: Ja, Donna Salvatrice.

BUSCO: Wie lauten Ihre Anweisungen, Donna Salvatrice?

MONTANARI: Ihr wisst, was ihr zu tun habt. Es wird Zeit, dass ihr tut, was getan werden muss. Es wird Zeit, dass Anselm brennt.

Elfte Szene

Schauplatz: Zimmer 105, Donatella della Roveres Gemach.

Geronimo trägt Tella zum Bett und legt sie hin.

TELLA: Ich danke dir.

GERONIMO DI MORO: Gerne.

TELLA: Ich fürchte, ich werde hierbleiben – die Sitzung war etwas zu viel für mich, ich bin müde.

GERONIMO: Sicher doch, ruhe dich etwas aus.

TELLA: Es erstaunt mich, dass Taddeo Tedesco uns nicht unterstützt.

GERONIMO: Aber das ändert wenig, nicht? Du wirst schon sehen, wir werden unser Ziel erreichen.

TELLA: Du hast ja recht. Ich denke, Großmutter und Papa explodieren höchstwahrscheinlich vor Ungeduld – natürlich, wie kommt es denn, dass ihr Plan nicht vollends aufgeht, wie sie es wollten. *Lacht*

GERONIMO: Du siehst deiner Großmutter sehr ähnlich, Tella. Ihr seid beide starke Persönlichkeiten.

TELLA: Ich sehe ihr sehr ähnlich? Danke, dass du mir das Gefühl gibst, alt zu sein. *Lacht wieder*

GERONIMO: Achso, verzeih mir, *wird rot* das habe ich nicht so gemeint.

TELLA: Natürlich, ich weiß schon!

Beide lachen. Es klopft an der Tür.

TELLA: *rollt die Augen* Manchmal verstehe ich Großmutter, wenn sie sich über das Türklopfen aufregt. Wer ist da?

CUTRERAS STIMME: Ich bin es, Donna Tella. Darf ich hereinkommen?

GERONIMO: Wer ist das?

TELLA: Salvatore Cutrera… aus welchem Grund auch immer. *Zur Tür* Ja, Sie dürfen eintreten.

Salvatore Cutrera tritt ein.

TELLA: Hallo, Signore Cutrera.

CUTRERA: Ah, ich hatte nicht gewusst, dass Don Geronimo hier ist.

GERONIMO: Wieso? Gibt es ein Problem?

CUTRERA: Nicht, dass ich wüsste. Aber es gibt eine Sache, die ich sehr gerne mit Donatella besprechen würde – unter vier Augen.

TELLA: Ist es wirklich so notwendig, dass es nicht bis nach den Sitzungen warten kann? Ich bin etwas müde.

CUTRERA: Ich fürchte nein.

GERONIMO: Also soll ich gehen?

TELLA: Du kannst vor dem Zimmer warten, Geronimo. Ich nehme an, Signore Cutrera wird nicht allzu lange brauchen?

CUTRERA: Das kommt drauf an.

TELLA: Auf was?

CUTRERA: *sieht Geronimo an*

TELLA: Geronimo, geh bitte für einen Moment hinaus.

Geronimo verlässt das Zimmer.

TELLA: So, Cutrera, raus mit der Sprache. Ich habe nicht viel Zeit und möchte sie nicht mit Ihnen verbringen.

CUTRERA: Ich kann verstehen, dass ich in vielen Kreisen unbeliebt bin – aber ich hoffe, Sie werden mir Gehör schenken. Es geht nämlich um Ihren ehemaligen Freund, Hector von Döber.

TELLA: *hält erfroren inne*

CUTRERA: Vielleicht haben Sie es schon bemerkt: Er ist nicht mehr hier. Er ist heute Morgen in aller Frühe gegangen.

TELLA: Das war seine Entscheidung – und was habe ich nun davon?

CUTRERA: Er hat Sie sehr geliebt, Donatella, mehr als Ihnen bewusst ist.

TELLA: Nein, ich weiß es – denn ich habe ihn auch geliebt.

CUTRERA: Ich möchte mich nicht einmischen, aber wieso?

TELLA: Wieso was?

CUTRERA: Wieso haben Sie ihn abgewiesen?

TELLA: Mischen Sie sich bitte nicht ein, Cutrera. Was bezwecken Sie mit diesem Gespräch?

CUTRERA: *nimmt Hectors Brief hervor* Das hier ist Hectors Abschiedsbrief, er hat ihn in der Nacht verfasst, in der Sie angegriffen worden sind.

TELLA: Er war nicht einmal hier, um nach mir zu sehen.

CUTRERA: Er hatte von alldem keine Kenntnis. Er… er wollte sich das Leben nehmen, Donatella. Er wollte eine Überdosis Morphin zu sich nehmen.

TELLA: *schweigt*

CUTRERA: *übergibt ihr den Brief* Bitte lesen Sie ihn, vielleicht wird es Ihnen auch guttun.

TELLA: Ich habe mit Hector nichts mehr zu tun. Ich brauche keinen Abschied von ihm – wenn er nämlich weggegangen ist, grundlos, dann erkenne ich ihn nicht als Freund an.

CUTRERA: Er ist Ihretwegen gegangen, weil es ihn schmerzt, mit ansehen zu müssen, dass Sie ihn abweisen.

TELLA: Dann ist es besser so.

CUTRERA: Nun denn. Wenn Sie meinen. Dennoch bestehe ich darauf, dass Sie den Brief lesen. Nachher können Sie ihn wegschmeißen.

TELLA: Gut. Bringen Sie mir ein Briefmesser.

Cutrera geht hin zu einem Chiffonnier und bringt Tella einen Brieföffner.

CUTRERA: Sind Sie sich wirklich Ihrer Entscheidungen bewusst, Donatella?

TELLA: *öffnet den Brief* Vollkommen.

Zwölfte Szene

Schauplatz: Speisesaal. Don Limbo, Donna Geltrude und Massimo della Rovere sitzen alleine am großen Tisch und verzehren ein Dessert.

DON LIMBO: Sollen sie alle ruhig ihren Geschäften nachgehen. Mir ist jetzt meine Familie wichtiger und meine Familie seid nur ihr beiden.

DONNA GELTRUDE: Ich muss zugeben, mehr Zeit zusammen zu verbringen, ist wirklich schön. Wir waren lange nicht eine „Familie", findest du nicht auch, Massimo?

MASSIMO DELLA ROVERE: Aber ja doch. Nur verstehe ich nicht, wieso wir uns jetzt völlig von den anderen abschotten müssen.

DON LIMBO: Wir schotten uns nicht von den anderen ab. Ich möchte lediglich, dass wir mehr unter uns sind – nicht immer bedrängt von Mutters strengen Regeln, Pedros Temperament und Bancos giftiger Kühnheit.

DONNA GELTRUDE: Es ist auch besser so.

MASSIMO DELLA ROVERE: Ihr beide wart doch die Gastgeber, ihr wart die Triebkraft hinter all diesen Ereignissen, ihr habt die Pläne geschmiedet und sie ausgeführt. Wieso brecht ihr jetzt alles ab?

DON LIMBO: Das „Ganze" war schon immer ein Teilstück von Mutters Schemen und Machination – und wir waren ihre Spielfiguren. Das hat ein Ende. Soll sie nun die Sache selbst erledigen, wir halten uns heraus.

MASSIMO DELLA ROVERE: Wollt ihr denn noch die Wiedervereinigung? Oder habt ihr nur gemacht, was man euch befohlen hat?

DON LIMBO: Du sagst es: Befehle. Ich bin ehrlich, jetzt interessiert mich die Wiedervereinigung nicht. Und das Geld nicht mehr.

DONNA GELTRUDE: Solange wir uns haben, liegt die Welt uns zu Füßen.

DON LIMBO: *lacht* Ich könnte schwören, das hätte von Pedro kommen können.

DONNA GELTRUDE: Der Überschuss an Sentimentalität.

Lacht mit

MASSIMO DELLA ROVERE: Ihr seid schräg.

DON LIMBO: Na klar. Hier in Anselm findest du viele schräge Vögel.

Salvatrice Montanari betritt ominös den Saal.

MONTANARI: Schräge Vögel fliegen nicht lange.

DON LIMBO: *überrascht* Ah, Salvatrice, Lust auf Pudding flambé?

Busco und Cusco – bewehrt – betreten den Saal.

MONTANARI: O nein, genießt ihr ruhig euer Essen.

Busco und Cusco richten ihre Gewehre auf die Drei. Es werden
zuerst zwei Schüsse abgefeuert.

DON LIMBO: *erhebt sich vom Stuhl* Mein Gott…

Salvatrice Montanari zückt einen Revolver und gibt den dritten
Schuss ab.

Das Damasttischtuch ist mit Blut übergossen.

Fünfter Akt

Endspiel und Epilog

Erste Szene

Schauplatz: Zimmer 209, Taddeo und Julia Tedescos Gemach.

Don Taddeo sitzt an einem Schreibtisch und verfasst einen
Brief. Neben ihm liegt eine geladene Steinschlosspistole.

DON TADDEO: *schreibt den Brief:*

Meine liebe Schwester, ich hatte es gleich gesagt, als wir hier
in Anselm eintrafen, es würde nichts Gutes geschehen. Jetzt
denke ich, ich hätte Limbos Einladung erst gar nicht
annehmen sollen, aber über Vergangenes lässt sich nur reuen.
Jetzt sind – so nehme ich an – Julia und Ignazio tot. Es hieß,
sie wären verschwunden, aber wer in Anselm verschwindet
und nach einer Stunde nicht auftaucht, ist tot. Dasselbe trifft
auf den Rudelführer der Ferraris und auf Augusta Mussolini
zu. All das nur wegen der großen Sache, weil die großen
Machtblöcke, zwischen denen wir kleinen Ehrenleute uns
bewegen, wieder Spiele spielen ihrer eigenen Interessen
halber.

Mit großer Wahrscheinlichkeit werden die Roveres dieses
Spiel gewinnen – auch wenn Pedro mit meiner Hilfe und der
Salvatore Cutreras eine Gegenstimme errichten wollte, er will
Nena della Roveres Niederlage. Ja, ich habe ihn dabei
unterstützt, weil ich bereits wenig Wert auf die
Wiedervereinigung der Clans gelegt hatte. Ich glaube nicht

an diese Wunschutopie, die mit der Realität nichts mehr zu tun hat, da überlappen sich tatsächlich meine Ansichten mit denen der Montanarifrau.

Und ich könnte mir wirklich eine Kugel in den Kopf jagen – wie konnte ich nur auf die Idee kommen, mit Julia und Ignazio hierherzukommen, wenngleich ich nichts von diesem Himmelfahrtskommando der Roveres hielt? Ich bereue es, meine liebe Schwester, und ich kann nur Reue empfinden, und Leid.

Ich bin mir nicht sicher, ob ich jemals lebend aus dieser Hochburg des Terrors fliehen werde, deshalb erwarte mein Kommen nicht. Aber erwarte die Nachricht meines Ablebens, das mit größerer Wahrscheinlichkeit eintritt als die Flucht aus Anselm.

Lebe wohl – und führe unseren Clan, unsere Familie und Dynastie weiter. Denn ich bin längst kein Anführer mehr.

Taddeo.

Don Taddeo faltet den Brief, steckt ihn in einen Kuvert, versiegelt ihn mit Wachs und legt ihn vor sich hin. Dann greift er nach der Steinschlosspistole, entsichert sie und legt sie an seine Schläfe an.

DON TADDEO: Ich komme zu euch, meine Liebe.

Don Taddeo drückt ab.

Zweite Szene

Schauplatz: Zimmer 105, Donatella della Roveres Gemach.

Tella und Salvatore Cutrera haben die Schüsse vernommen.

Geronimo stürmt in das Zimmer.

GERONIMO DI MORO: Was war das?

CUTRERA: Schüsse, vier Schüsse. Drei kamen von unten, einer von oben.

GERONIMO: Schüsse? Wurde jemand erschossen?

TELLA: Alles ist möglich.

GERONIMO: Was sollen wir jetzt machen? Sind wir in Gefahr?

CUTRERA: Donatella, in der Nacht, in der Sie angegriffen worden sind, gab es ein Treffen in der geheimen Bibliothek. Ihre Großmutter gab uns allen einen Revolver *zückt seinen Revolver und hält ihn hoch* und wies uns an, bei jeglichen Anzeichen von Gefahr sich in die Bibliothek zu begeben.

TELLA: Sicher?

CUTRERA: Ja, sehr sicher. Kommt ihr beide, wir müssen uns schnell dorthin begeben.

Geronimo eilt zu Tella und nimmt sie hoch.

CUTRERA: *nimmt den Revolver in beide Hände* Ich gehe vor, ihr folgt mir, verstanden?

Geronimo und Tella nicken.

CUTRERA: Wir wissen nicht, wer diese Schüsse abgegeben hat, aber ich schätze mal, sie werden uns nicht verschonen. Daher müssen wir rasch sein.

Cutrera geht zur Tür, öffnet sie und lugt mit seinem Revolver hinaus.

CUTRERA: *leicht flüsternd* Der Flur ist frei. Kommt.

Geronimo trägt Tella hinaus auf den Flur, wo Cutrera in Richtung des Geheimeingangs zur Bibliothek geht.

CUTRERA: Hier ist alles frei – rasch!

Dritte Szene

Schauplatz: Büro des Mafiafürsten. Nena della Rovere, die Gräfinwitwe, Contes Banco, Veffa und Lanna sind erstarrt.

LANNA: Hat jemand geschossen?

CONTESSA VEDOVA: Nein, das war Don Taddeo auf der Toilette. Natürlich ist geschossen worden!

CONTES BANCO: Vier Schüsse – der letzte war am lautesten.

CONTESSA VEDOVA: Weil er hier abgefeuert wurde, im zweiten Stock.

CONTES BANCO: *zückt seinen Revolver*

VEFFA: Wir müssen zur geheimen Bibliothek – und zwar sofort.

Die Gräfinwitwe geht zu einem Schrank und holt eine Bockflinte daraus.

CONTES BANCO: Wir gehen leise und unsichtbar, verstanden? Ich gehe vor, ihr folgt mir nach.

CONTESSA VEDOVA: *lädt die Flinte nach* Es wird noch laut werden, Banco.

CONTES BANCO: Mädchen, wo sind eure Waffen? Habt sie schussbereit.

Veffa und Lanna zücken ihre Waffen. Die Vier verlassen das Büro und bewegen sich in Richtung Treppenhaus.

LANNA: Ich glaube, ich habe etwas gehört.

VEFFA: Ja, das war ich, ich bin auf etwas getreten.

CONTES BANCO: Leise!

Im Treppenhaus lugt Contes Banco am Geländer hinunter in die unteren Stockwerke.

CONTES BANCO: *flüsternd* Sieht alles ruhig da unten aus. Ich schlage vor, wir gehen jetzt leise und schnell in den ersten Stock. Lanna, gib uns Rückendeckung.

CONTESSA VEDOVA: Ich mache das – sonst werden wir noch von hinten erschossen.

Ein Schuss ertönt aus den unteren Stockwerken. Contes Banco lugt erneut am Geländer hinunter, ein zweiter Schuss ertönt und eine Kugel schnellt an Banco vorbei. Dieser taumelt nach hinten.

CONTESSA VEDOVA: Oh Gott, Banco! Bist du getroffen?

CONTES BANCO: *drückt mit einer Hand gegen seine rechte Schulter* Nein, sie hat mich nur gestreift.

Die Gräfinwitwe geht erzürnt ans Geländer und feuert eine dröhnende Salve ab.

VEFFA: an *Banco* Hast du gesehen, wer dich angeschossen hat?

CONTES BANCO: Nein, ich habe niemanden gesehen.

CONTESSA VEDOVA: Geht es dir gut, Banco? Wir müssen jetzt zur Bibliothek, sonst wird dich eine Kugel mal wirklich treffen.

Die Vier steigen die Treppen hinunter in den ersten Stock und begeben sich zum Geheimeingang der Bibliothek.

Vierte Szene

Schauplatz: Ein Flur des Schlosses im ersten Stock, der die Gemächer des Südflügels mit dem Hauptgang verbindet. Die Türe von Zimmer 101 öffnet sich. Pedro tritt mit einem Revolver hinaus.

DON PEDRO: Was geht hier vor sich?

Die Türen zu den Zimmern 103, 104 und 105 sind geöffnet. Ein stöhnendes Geräusch ertönt leise aus Zimmer 103. Don Pedro nähert sich dem Zimmer in Schussbereitschaft.

Die Türe steht halboffen, Pedro stößt sie mit dem Revolver leicht an und nun erblickt er den Flur des Zimmers 103. Pedro senkt seinen Blick und schaut geradewegs auf den blutenden Leichnam Victor di Moros, der mit einem Messer erstochen auf dem Boden liegt. Dann hebt er seinen Blick auf den Wohnraum, wo er aus diesem Blickwinkel nur einen Diwan und einen Chiffonnier sieht.

Pedro betritt mit einem Schritt das Zimmer, als Aghatella di Moro plötzlich zu dem Diwan trottet und hinfällt.

AGHATELLA DI MORO: *stöhnend* Bitte, Erbarmen…

Ein Schuss fällt und Aghatella di Moro erzittert blutspuckend. Dann regt sie sich nicht mehr.

Als Cusco bei ihr erscheint, seine Schusswaffe nachladend, zielt Pedro auf ihn.

DON PEDRO: Vorhersehbar, dass die falsche Schlange Montanari hinter diesem Spektakel steht.

Pedro feuert, doch Cusco gelingt es, in die Deckung zu gehen. Pedro hastet aus dem Zimmer und in Richtung des Hauptgangs, der an das Treppenhaus und die Zimmer des West- und Nordflügels anschließt. Hinter ihm ertönen eilende Schritte. Ein Schuss wird abgefeuert und Pedro fällt hin, verliert seinen Revolver. Doch er ist nicht angeschossen, sondern war nur gestolpert. Er richtet sich auf, greift nach dem Revolver und sucht Deckung hinter einer Kommode.

CUSCO: Ich werde dich töten, Pedro della Rovere. *Sucht ebenfalls Deckung hinter einer Kommode*

DON PEDRO: Nicht bevor ich dich durchlöchere wie einen Schweizer Käse. *Gibt, ohne zu zielen, einen Schuss ab*

Fünfte Szene

Schauplatz: Geheime Bibliothek im ersten Stock. Tella,
Geronimo und Salvatore Cutrera sind da. Nena della Rovere,
die Gräfinwitwe, Contes Banco, Veffa und Lanna erscheinen.

CONTESSA VEDOVA: Kinder! *Kommt Tella und Geronimo mit*
offenen Armen entgegen Kinder, ich bin so überglücklich, dass
es euch gut geht!

CONTES BANCO: Ah, Cutrera, Sie auch hier.

CUTRERA: Wo sind Pedro, Limbo und Donna Geltrude?

Es ertönen weitere Schüsse.

TELLA: Die Schießerei scheint ja kein Ende zu nehmen.

CONTES BANCO: a*n Cutrera* Ich habe sie nicht gesehen, also
sind sie noch irgendwo im Schloss.

VEFFA: Hoffentlich geht es ihnen gut. Es ist schon so viel
geschossen worden.

GERONIMO DI MORO: Wir müssen noch meine Eltern
finden, sie sollten hier im ersten Stock sein.

CONTES BANCO: Es ist viel zu gefährlich. Wir wissen nicht,
wer unser Feind ist und mit wie vielen wir es zu tun haben.

TELLA: Nichtsdestotrotz müssen wir eine Gegenoffensive
starten.

CONTES BANCO: Was?

TELLA: Wir können nicht hier rumsitzen und auf die Onkels warten. Wir müssen rausgehen und kämpfen mit allem, was wir haben. Wir sind zu acht, wenn wir Pedro, Limbo, Geltrude und Massimo noch treffen, sind wir zu elft. Mit vereinter Kraft können wir zurückschlagen.

CONTES BANCO: In deiner Verfassung wirst du nirgendwo zurückschlagen. Und deine Schwestern möchte ich einer solchen Gefahr nicht aussetzen.

CONTESSA VEDOVA: Tella hat jedoch recht. Wir müssen unserem Feind entschlossen entgegentreten. Jeder hat eine Waffe, wir müssen sie einsetzen.

TELLA: Und so können wir auch nach Geronimos Eltern suchen.

Huarte erscheint in der Bibliothek, mit einem Jagdgewehr bewaffnet.

CONTES BANCO: Huarte, gut, dass es Ihnen gutgeht. Haben Sie Donna Dorotea gesehen?

HUARTE: *schüttelt den Kopf* Don Pedro ist aber in einem Zweikampf mit einem Handlanger Montanaris im ersten Stock verwickelt. Contes Banco, Signore Cutrera, ich rufe Sie zu den Waffen – kommen Sie mit.

CONTES BANCO: *lädt seinen Revolver nach*

CUTRERA: *nickt*

284

Es ertönen noch mehr Schüsse.

CONTES BANCO: Wir brechen auf. Erst einmal helfen wir Pedro, dann kommen wir wieder zurück. *An Geronimo* Passe auf die Damen auf – bist du bewaffnet?

GERONIMO: Nein.

CONTES BANCO: *nimmt einen weiteren Revolver hervor und übergibt ihn Geronimo*

TELLA: Montanari ist also die Angreiferin – irgendwie vorhersehbar, nicht?

HUARTE: Wir müssen schnell sein, Conte.

CONTES BANCO: Auf gehts.

Huarte, Contes Banco und Salvatore Cutrera verlassen mit geladenen Waffen die Bibliothek.

LANNA: O Gott, wie schrecklich. Ich habe Angst.

TELLA: Wir sind ja hier, Schwesterherz.

CONTESSA VEDOVA: Bin ich die Einzige, die bemerkt hat, dass Huarte das erste Mal gesprochen hat?

Sechste Szene

Schauplatz: Hauptgang des ersten Stocks, der die Nebengänge und das Treppenhaus verbindet. Huarte, Contes Banco und Salvatore Cutrera eilen zu Don Pedro, der verletzt an einer Kommode kniet.

HUARTE: Hier ist er.

CONTES BANCO: *kniet nieder zu Pedro* Bruder, bist du verletzt?

DON PEDRO: *ächzend* Es geht schon wieder, Banco. Aber ihr müsst diesen Cusco schnappen.

CUTRERA: Wo ist er jetzt?

DON PEDRO: Er ist in die oberen Ebenen geflohen. Nach unserem Schusswechsel hatte er keine Munition mehr – im geeigneten Augenblick überrumpelte er mich und floh über die Treppen.

CONTES BANCO: Er könnte immer noch eine Gefahr darstellen.

DON PEDRO: Geht schnell, bevor er sich noch eine weitere Waffe besorgt.

CUTRERA: Ist er denn allein? Wo ist der anderen Handlanger von Montanari?

DON PEDRO: Ich bin nur Cusco begegnet. Ich weiß nicht, wo der andere ist.

CONTES BANCO: Wir müssen achtsam sein.

DON PEDRO: Und noch etwas. Seht nach Thaddäus, er müsste immer noch in seinem Zimmer sein, 209. Er ist unbewaffnet und eine leichte Beute für Cusco.

HUARTE: Schnell jetzt.

Huarte und Contes Banco gehen vor.

CUTRERA: Sicher, dass du zurechtkommst, Pedro? Ich kann dich zur Bibliothek bringen.

DON PEDRO: Geh schon, Salvatore, im Gefecht zählt jede Waffe.

Cutrera ab. Die Drei betreten das Treppenhaus und steigen nach oben.

Don Pedro erhebt sich vom Boden. Er trottet zurück in sein Zimmer 101 und kommt nach einer Weile mit einem Rapier zurück. Er betritt das Treppenhaus und steigt die Treppen in das Erdgeschoss hinab.

Im zweiten Stock betreten Huarte, Contes Banco und Salvatore Cutrera leise und rasch den Hauptgang. Die Tür in das Büro des Mafiafürsten steht offen, hastige Bewegungen lärmen von dort.

HUARTE: *flüsternd* Im Büro. *Gibt Zeichen zum Vorrücken*

CUTRERA: *flüsternd* Wir sollten es umstellen, bevor wir zuschlagen.

HUARTE: Still.

Doch die Geräusche aus dem Büro gefrieren. Cusco erscheint an der Tür des Büros, richtet eine Waffe auf die Drei und feuert, ehe sie in Deckung gehen können. Cutrera schreit und feuert zurück, doch Cusco weicht zurück ins Büro.

HUARTE: Contes Banco! *Ergreift den Conte und zieht ihn weg von der offenen Fläche an die Wand* Contes Banco, hören Sie mich?

CONTES BANCO: *drückt mit beiden Händen gegen seine Brust* Ich... ich bin getroffen. *Spuckt Blut*

Cusco feuert aus der Deckung einen Schuss ab, Cutrera kontert.

CUTRERA: Huarte, wie schlimm ist es?

HUARTE: Contes Banco, bleiben Sie hier.

CONTES BANCO: *spuckt Blut*

Siebente Szene

Schauplatz: Tafelrunde. Salvatrice Montanari sitzt auf dem Thron des Mafiafürsten, die Beine überkreuzt, und ergötzt sich daran, das Fürstenzepter in den Händen zu halten. Der Leichnam der Hausdame liegt vor der Sitzschaft der Tafelsprecherin. Die Türen öffnen sich und Don Pedro betritt den Saal, sein Rapier schimmert vor Edelmut. Montanari bemerkt Don Pedro – und ihr befriedigter Gesichtsausdruck verändert sich erst in einen unzufriedenen und schließlich erscheint ein hämisches Grinsen auf ihrem Gesicht.

MAFIAFÜRSTIN MONTANARI: Zur finalen Stunde erscheint der mutige Held der Tragödie, um den Antagonisten zu einem Duell herauszufordern. *Erhebt sich vom Thron* Auf diesen Moment habe ich gewartet, Rivale Pedro.

FÜRSTRIVALE DON PEDRO: Dieses Zepter ist rechtmäßig nicht deines. Lege es beiseite oder du zwingst mich, das zu tun, was angesichts deiner Order getan werden muss.

MAFIAFÜRSTEN MONTANARI: Die Ideologie deiner Familie ist eine Illusion, Rivale Pedro, und durch mich wird die Zukunft der großen Sache vor euren Agitationen geschützt sein.

FÜRSTRIVALE DON PEDRO: Ich warne dich ein letztes Mal.

Bringt sein Rapier in Stellung

MAFIAFÜRSTIN MONTANARI: Ich werde nicht aufhören, womit ich begonnen habe. Und du wirst mich nicht aufhalten.

Beide gehen aufeinander zu und greifen mit ihren Waffen an.

MAFIAFÜRSTIN MONTANARI: Zeig mir, was du kannst, alter Mann!

Rivale Pedro schwingt sein Rapier und attackiert seine Opponentin mehrere Male, die – das Fürstenzepter führend – in fließenden Bewegungen blockt und pariert.

Beim Aufeinanderprallen von Rapier und Zepter scheint es, als donnerte es in heftigen Salven, und die schnellen Rapierschnitte glimmen Flammen und Funken, während der Mafiafürstin eiserner Defensivwille jeden Schlag standhält.

FÜRSTRIVALE DON PEDRO: Sage schon, war es von Anfang geplant, Salvatrice? Wolltest du von Anfang an diesen Weg einschlagen?

MAFIAFÜRSTIN MONTANARI: Für diesen Weg habe ich gelebt, Rivale Pedro. Nicht nur von Anfang an, nein, viel früher. Noch bevor dein Bruder Limbo jedes Oberhaupt nach Anselm eingeladen hatte, noch bevor die Gräfinwitwe den Rat mit Don Grino und Gerasim Laruga einberufen hatte – ja, ich weiß davon. Es war alles das Werk der Gräfinwitwe, sie ist die Fadenzieherin hinter alledem – und ich bin die Antagonistin in ihrem Spiel.

FÜRSTRIVALE DON PEDRO: Du bist wahnsinnig.

MAFIAFÜRSTIN MONTANARI: Wir alle sind es.

Achte Szene

Schauplatz: Geheime Bibliothek im ersten Stock. Es ertönen Schüsse aus den oberen Ebenen. Nena della Rovere, die Gräfinwitwe, Tella, Geronimo, Veffa und Lanna wechseln gegenseitig Blicke.

TELLA: Ich fühle mich schlecht, weil ich nur sitzen und zuhören kann.

CONTESSA VEDOVA: Wir müssen unseren Herren dankbar sein, dass sie für uns ins Gefecht ziehen, dass sie ihre Leben aufs Spiel setzen, um uns zu schützen.

GERONIMO DI MORO: Und ich sitze hier wie ein Feigling.

TELLA: Aber nein, du beschützt uns. Das ist sehr ehrenhaft von dir.

GERONIMO: Ich könnte Contes Banco helfen.

TELLA: Jeder von uns könnte ihnen helfen. Was passiert denn, wenn sie alle verletzt werden? Wollen wir uns hilflos ergeben und dem Feind stellen?

CONTESSA VEDOVA: Nichts wird unseren tapferen Kämpfern geschehen. Wir glauben an sie.

Schritte ertönen und es wird heftig gehustet. Salvatore Cutrera erscheint, der Contes Banco unter die Schulter gegriffen trägt.

TELLA, VEFFA und LANNA: Papa!

Geronimo, Veffa und Lanna eilen zu Cutrera und helfen ihm, Contes Banco auf den Tisch zu legen.

CONTESSA VEDOVA: *betrachtet den blutüberströmten Conte mit Entsetzen und Trauer*

TELLA: Cutrera, was ist geschehen?

CUTRERA: Contes Banco wurde angeschossen. Wir waren schutzlos und der Montanarihandlanger war zu schnell. Ich habe den Conte hergebracht, Huarte nimmt sich noch des Handlangers an.

CONTES BANCO: *spuckt Blut*

CONTESSA VEDOVA: Mein Sohn… *streichelt Banco an der Wange*

TELLA: Veffa, weißt du, wo das Ärztezimmer ist?

CUTRERA: Es ist hier im ersten Stock.

TELLA: Cutrera, können Sie mit meiner Schwester dorthin gehen und alles Nötige beschaffen, um meinen Vater zu verarzten?

CUTRERA: Sicher. Aber ich fürchte, es ist schon zu spät.

VEFFA: Nicht wenn wir schnell sind. Auf gehts, Cutrera.

Cutrera und Veffa verschwinden.

CONTESSA VEDOVA: Gebe nicht auf, mein Sohn, halte durch – Rettung naht.

CONTES BANCO: *wispert unverständlich*

CONTESSA VEDOVA: Was sagst du?

CONTES BANCO: Donatella…

CONTESSA VEDOVA: Mortadella? Willst du eine Mortadella?

TELLA: Nein, er ruft mich.

CONTES BANCO: Donatella…

TELLA: Ja, Papa, ich bin hier bei dir.

CONTES BANCO: *hustet schwer* Donatella, du musst… *spuckt Blut* du musst jetzt in meine Fußstapfen treten, mein Töchterchen. *Hustet* Vergiss, was ich gesagt habe, werde du das Oberhaupt unserer Familie – erkenne deine Pflicht und führe uns zum Sieg. Ich glaube an dich, Donatella, ich glaube an dich.

TELLA: Aber…

CONTES BANCO: *spuckt Blut*

TELLA: Papa, du darfst nicht sterben, hörst du! Du musst leben, du musst uns zum Sieg führen, nicht ich. Du bist der Conte della Rovere.

CONTES BANCO: Und du bist die Contessa della Rovere. Zeige uns… *hustet* zeige uns, dass du die Frau aus Stahl und Eisen bist…

Contes Banco macht seinen letzten Atemzug – und scheidet dahin.

Tella tritt mehrere Schritte zurück, Schweiß fließt ihr Gesicht

hinunter. Die Gräfinwitwe fasst sich an den Mund und weint.

Lanna geht zitternd zum Tisch hin. Geronimo nimmt Tella in die

Arme.

Benito Mussolini erscheint in der Bibliothek, recht aufgewühlt.

GERONIMO: Mussolini, was machst du hier?

BENITO MUSSOLINI: Ich habe nur… *bemerkt den Leichnam*

des Conte

GERONIMO: Jetzt ist nicht die Zeit für dich.

BENITO MUSSOLINI: Im Flur habe ich Genoveffa und

Salvatore Cutrera getroffen – sie haben mir den Eingang zu

dieser Bibliothek gezeigt. Hört mir zu, Don Pedro ist im

großen Saal der Tafelrunde, er duelliert mit Salvatrice

Montanari.

GERONIMO: Jetzt ist nicht die Zeit für dich.

TELLA: Was? Montanari ist im Saal der Tafelrunde?

BENITO MUSSOLINI: Ja, Pedro kämpft gegen sie.

CONTESSA VEDOVA: *wischt sich mit einem Mouchoir die*

Tränen weg Donatella, du hast deinen Vater gehört – du bist

jetzt das Oberhaupt der Familie, die Contessa della Rovere.

Du musst entscheiden, wie wir jetzt vorgehen sollen. Gib uns deine Order.

TELLA: *sieht jeden im Raum abwechselnd an*

CONTESSA VEDOVA: Was sind deine Order, Donatella.

TELLA: Ich weiß es nicht – ich weiß nicht, wie ich in all diesem Chaos entscheiden kann.

CONTESSA VEDOVA: *schließt die Augen von Contes Banco* Donatella, triff niemals eine Entscheidung… sei du die Entscheidung.

TELLA: *grübelt*

GERONIMO: *reicht ihr seinen Revolver* Ich bin bereit.

TELLA: *sieht Geronimo in die Augen* Trage mich.

Neunte Szene

Schauplatz: Tafelrunde. Montanari und Pedro duellieren auf dem Tisch.

MAFIAFÜRSTIN MONTANARI: Es überrascht mich, dass du deine Balance so gut halten kannst, Rivale Pedro.

FÜRSTRIVALE DON PEDRO: *führt eine Konterparade aus* Ich stecke voller Überraschungen.

Beide kämpfen routenhaft den Tisch entlang. Pedro wiederholt Angriffsmanöver und bringt Montanari in eine unlösbare Defensivhaltung. Bei dem Versuch einer Riposte zögert Montanari etwas und ermöglicht Pedro eine Ligade auszuführen, die sie entwaffnet. Mit einem Fußtritt stößt Pedro sie vom Tisch und sie fällt ächzend auf den Boden.

FÜRSTRIVALE DON PEDRO: *blickt auf Montanari herab und richtet das Rapier auf sie* Du bist geschlagen, Salvatrice. Der Todesstoß soll dich dahin richten, wo du hingehörst.

MONTANARI: *lacht sardonisch*

FÜRSTRIVALE DON PEDRO: Selbst im Angesicht deines Todes ist dein Gemüt umnachtet.

MONTANARI: Das Gesicht meines Todes bist gewiss nicht du, Pedro. Aber ich bin das deine.

Ein Schuss fällt.

Pedro lässt sein Rapier fallen und kniet nieder. Seine Brust erzittert vor Blut.

MONTANARI: Du hast vergessen, Pedro, dass ich nicht so ehrenhaft wie du mit gegebenen Karten spiele – ich habe immer ein Ass im Ärmel.

Busco tritt zu Montanari hervor und lädt seinen Revolver nach.

MONTANARI: *steht auf und ergreift das Fürstenzepter*

MAFIAFÜRSTIN MONTANARI: O wie mir der Anblick gefällt. *Nimmt Buscos Revolver und zielt auf Pedro* Ich gewähre dir ein letztes Wort, alter Mann.

Tella, getragen von Geronimo, erscheint im Saal.

TELLA: Aufhören!

Busco zückt einen weiteren Revolver und zielt auf die beiden.

MAFIAFÜRSTIN MONTANARI: Bist du gekommen, um deinen Onkel sterben zu sehen, du Miststück? *Feuert einen Schuss ab*

Pedro fällt den Tisch hinunter.

TELLA: *schreit auf* Nein.

MAFIAFÜRSTIN MONTANARI: Du hast meinem Neffen das Herz gebrochen, weißt du das? Du warst das einzige, das ihm etwas bedeutet hat – und du hast dich ihm selbst weggenommen.

TELLA: *weinend* Onkel… nein.

BUSCO: d*roht mit dem Revolver* Lasst eure Waffe fallen oder ich schieße.

TELLA: *schmeißt den Revolver weg; zu Geronimo* Lass mich los.

GERONIMO: Wieso? *Stellt Tella auf die Beine*

TELLA: *trottet langsam und schmerzvoll auf Pedro zu*

MAFIAFÜRSTIN MONTANARI: Möchtest du ein letztes Wort mit Pedro wechseln? *Zielt mit dem Revolver auf Pedro* Ich bezweifle, dass er dich noch hören wird. *Drückt ab, doch es fehlt an Munition* Ha, Glück gehabt.

Tella kniet nieder und ergreift Pedro an seinen Schultern.

TELLA: Onkel! Onkel! Hörst du mich?

DON PEDRO: *stöhnt*

MAFIAFÜRSTIN MONTANARI: Busco, nimm Donatella fest, und diesen Moro Jungen auch.

Busco ergreift Tella doch sie wehrt sich.

TELLA: Lass mich los.

Geronimo eilt zu Tella und fällt auf Busco ein. Busco schlägt Geronimo zu Boden.

TELLA: Nein!

Busco ergreift wieder Donatella und zwingt sie zu Boden. Salvatore Cutrera – bewaffnet – erscheint im Saal.

FÜRSTRIVALE CUTRERA: Das hat jetzt ein Ende.

Cutrera schießt Busco in den Rücken, dieser weicht von Donatella zurück. Cutrera feuert einen weiteren Schuss. Busco taumelt.

Cutrera feuert noch einen Schuss. Busco fällt um.

MAFIAFÜRSTIN MONTANARI: *zielt auf Donatella* Ich warne dich, Salvatore, einen Schritt weiter und ich erschieße sie.

FÜRSTRIVALE CUTRERA: *friert ein*

Montanari ergreift Donatella und hält ihr den Mund zu.

MAFIAFÜRSTIN MONTANARI: Aus dem Weg, Cutrera!

Montanari bewegt sich mit Donatella als Geißel in Richtung Ausgang.

TELLA: *bemüht sich darum, etwas zu sagen*

MAFIAFÜRSTIN MONTANARI: Ruhe jetzt!

Montanari verlässt die Tafelrunde – Cutrera folgt ihr. Im Flur trifft Montanari auf Huarte, der den Weg zum Entrée versperrt.

MAFIAFÜRSTIN MONTANARI: Waffe weg, Huarte, oder Donatella wird mit Eisen durchbohrt.

Montanari bewegt sich nun in Richtung Ausgang zur Terrasse. Cutrera und Huarte folgen ihr.

Montanari bleibt auf dem Plateau stehen, Tella übt Widerstand.

MAFIAFÜRSTIN MONTANARI: Halte still oder wird schlecht für dich aussehen.

FÜRSTRIVALE CUTRERA: Es sieht schlecht für dich aus, Salvatrice. Wo willst du hin? Selbst wenn du Donatella erschießt, es gibt keinen Ausweg für dich.

Tella schafft es, Montanari in die Hand zu beißen – diese lässt los und Tella weicht von ihr.

TELLA: Ihre Waffe hat keine Patronen mehr – sie hat keine Munition.

MAFIAFÜRSTIN MONTANARI: *erstarrt*

FÜRSTRIVALE CUTRERA: Jetzt hat es sein Ende.

Huarte und Cutrera zielen beide auf Montanari.

MAFIAFÜRSTIN MONTANARI: Nein. Ihr habt verloren – denn eure Pläne sind alle gescheitert! Ich habe gesiegt, weil ich die Roverefamilie gebrochen habe, ihre Macht bröckelt, ich habe gesiegt, weil meine Vision sich realisiert hat. Die Roverefamilie wird nie mehr in die große Sache intervenieren, sie ist nur noch Asche in einer brennenden Welt voller Wunden. Und so wie die Roverefamilie vergeht, vergehen bald auch andere, denn nichts ist dem Wandel der neuen Welt gewachsen. Unsere Sache ist bald nur ein Relikt der alten Zeit, ein Götze, der die Gemüter der-

Ein Schuss fällt.

Montanari stockt der Atem, sie taumelt nach hinten ans Geländer.

MAFIAFÜRSTIN MONTANARI: Mein Ableben wird einen langen Schatten hinterlassen.

Mit einem höhnischen Grinsen fällt sie hinunter, in die Tiefen der steilen Bergschluchten.

Huarte und Cutrera wechseln einen kurzen Blick. Tella verlässt die Terrasse und läuft in den Saal der Tafelrunde. Pedro liegt dort.

TELLA: Onkel Pedro! *Sie eilt zu ihm und kniet nieder* Onkel, halte durch.

DON PEDRO: mh… Donatella.

TELLA: Ja, Onkel, ich bin es – halte durch.

DON PEDRO: *nimmt Donatellas Hand* Bist du in Sicherheit?

TELLA: Ja, Onkel. Salvatrice Montanari ist tot. Sie wurde erschossen und ist von der Terrasse gefallen.

DON PEDRO: Gut, gut. *Hustet schwer*

TELLA: Halte durch, Onkel. *Schreit* Hilfe, Onkel Pedro braucht Hilfe.

DON PEDRO: Lass gut, Donatella. *Hustet.* Ich gehe schon in Ordnung. Die Hauptsache ist, dass die Gefahr vorbei ist.

TELLA: Onkel, so viele sind tot – du darfst nicht auch noch sterben. Bitte, halte durch.

DON PEDRO: Von Anfang an war es klar, dass dieser Weg mit Leichen übersäht würde. Es war alles vorhersehbar.

TELLA: Wie meinst du das?

DON PEDRO: Hast du nicht bemerkt, was hier vor sich ging, Donatella? Es ist immer dasselbe, immer das gleiche Muster, der gleiche Verlauf und der gleiche Ausgang. *Hustet.* Es ist wie eine Schablone – es passierte mit uns, es passierte mit ihnen, es passierte mit jenen und diesen, mit allen anderen.

TELLA: Ich verstehe nicht, was du sagen willst.

DON PEDRO: Denke, Donatella, denke. Es… liegt dir auf der Hand…

Don Pedro schließt seine Augen.

TELLA: O Gott nein! Nicht sterben, Onkel!

DON PEDRO: Ich wollte nur meine Augen ausruhen lassen.

TELLA: Ahso…

DON PEDRO: *hustet* Aber ich bin zweimal angeschossen worden, meine liebe Nichte, die Chance, dass ich irgendwie… dass ich… *hustet*

TELLA: Onkel…?

DON PEDRO: *atmet schwer und zittrig ein*

TELLA: Onkel?

DON PEDRO: *atmet nicht mehr aus*

TELLA: Onkel?

Don Pedro regt sich nicht mehr.

TELLA: Onkel!

Letzte Szene

Donatella verlässt den Saal der Tafelrunde. Sie geht in die Entrée-Halle und verlässt das Schloss und seine Schatten – draußen im Park sind Nena della Rovere, die Gräfinwitwe, Genoveffa, Paullanna, der Hauswirt Huarte, Salvatore Cutrera, Benito Mussolini und Geronimo di Moro versammelt. Alle bemerken Donatella und stellen sich vor ihr auf.

DONATELLA DELLA ROVERE: Da sind wir nun alle – alle, die überlebt haben.

NENA DELLA ROVERE: *verbeugt sich langsam vor Donatella Alle anderen verbeugen sich ebenfalls.*

NENA DELLA ROVERE: Wir verbeugen uns vor dir, denn dein Haupt wurde gekrönt. Mögest du lange leben und deiner Familie dienen, Donatella, Gräfin von Rovere.

Die Wiedervereinigung war gescheitert – die Clans und Familien Süditaliens blieben zerstritten, unter verschiedenen Bannern. Jene, die überlebten, ließen Anselm und seine hohen Fenster, seine Kanten und Ecken, seine Schatten und kühle Luft hinter sich wie ein zu Ende gekommenes Kapitel eines Buches.

Salvatore Cutrera blieb immer noch ein mächtiger Mann seines Spiels und sein Name bliebe auch der Zukunft nicht unbekannt. Sein Neffe, Michelangelo Gennaro, übernahm 1920 die Führung der Corleonesi.

Der radikale Benito Mussolini ging in die Politik, wurde 1925 Diktator Italiens und Duce del Fascismo. Unter der Leitung Cesar Moris, dem „Eisernen Präfekten" von Palermo, bekämpfte er zu Beginn seiner Amtszeit die Cosa Nostra.

Die Gräfinwitwe Nena della Rovere zog sich vollkommen aus der aktiven Clanpolitik zurück und fungierte in ihren letzten Jahren nur noch als graue Eminenz und Beraterin für die Contessa della Rovere – denn der Verlust aller drei Söhne brachte ihr endloses Leid und nach mühsam langen Momenten der Trauer im Jahr 1907, in einem Alter von 85 Jahren, den Tod.

Die Contessa della Rovere gebar ihrem Gatten, Geronimo di Moro, ein Jahr nach dem Versuch der Wiedervereinigung einen Sohn, Ernesto Salvatore di Moro, und im Jahr 1903 eine Tochter, Rosa di Moro. Hector von Döber würde sie erst ein halbes Jahrhundert später wiedersehen – und dennoch würde sie nie erfahren, dass er sein ganzes Leben lang nie aufgehört hatte, sie zu lieben.

Tempus fugit, amor manet.

Anhang

Danksagung

In dieser Danksagung möchte ich drei Personen danken, die meines Erachtens eine solche Würdigung schwarz auf weiß mehr als nur verdienen. Sie sind nicht nur tolle Persönlichkeiten, sondern haben mir im Leben und auch mit meiner Literatur immens geholfen – für ihre Bekanntschaft, für ihre Freundschaft, bin ich mehr als nur dankbar.

Der erste Name, der fällt, ist der von Felix Kirsch. Wenn ich nämlich an die exakte Definition oder an ein konkretes Beispiel denke, wenn es um den Begriff „Freund" geht, dann denke ich da an dich, lieber Felix. Wir kennen uns seit der fünften Klasse – dieses Jahr, 2023, haben wir unser Abitur geschafft. In dieser Zeit gab es immer wieder Momente, wo ich erfreut sagen konnte: Das ist ein Freund! Ich danke dir, Felix, für deine Unterstützung und deinen Rat – auf dich kann man sich immer verlassen. Wir beide wissen aber, dass das Abitur noch lange nicht die letzte große Prüfung in unserem Leben war. Und dass der Abiball nicht das letzte Mal war, an dem wir uns getroffen haben. Ein Toast auf unsere Bekanntschaft, ein Toast auf unsere Freundschaft!

Ziemlich oft habe ich mich bei Ihnen bedankt, Frau Dr. Scholz, für das, was Sie für mich getan haben. Nicht nur in Bezug auf die Schule – in diesen zwei Jahren in Ihrem Leistungskurs habe ich nämlich mehr gelernt als in zehn Jahren Schule insgesamt –, Sie sind mir auch persönlich immer ein Vorbild gewesen und für Ihre Motivation, Ihre Unterstützung und Ihren Rat bin ich sehr dankbar. Ich finde: Gäbe es mehr Menschen und vor allem Lehrer, die so sind, wie Sie es sind, wäre die Welt eine bessere – und dann wäre Deutschland wieder das Land der Dichter und Denker. Aber es gibt nun mal Sie – deshalb sind Sie einzigartig. Und es freut mich umso mehr, Sie als Lehrerin gehabt und als Literaturagentin und als Freundin zu haben. Vielen Dank!

Die dritte und letzte Person, der ich danken möchte, ist eigentlich keine Person – es ist meine Familie. Und obwohl eine Danksagung an meine Familie vom Umfang her nicht mal ansatzweise so dünn sein könnte wie Tolstois „Krieg und Frieden", versuche ich dennoch, meinen Dank in aller Kürze und Würze auszusprechen. Die Familie ist essentiell im Leben – das erkennt man auch in diesem Werk –, denn sie beeinflusst, sie gibt Halt und Stütze, sie gibt Rat und Schulung und vor allen Dingen Liebe und Geborgenheit. Mama, Oma und mein Schwesterherz, danke, dass es euch gibt – danke, dass ihr meine Familie seid.

Über den Autor

Philipp Kaul, geboren am 09.03.2005, stammt aus der Region um Ulm im feinen Baden-Württemberg. Sein Abitur hat er 2023 am Hans und Sophie Scholl-Gymnasium Ulm abgelegt. Im Winter 2023 beginnt er sein Studium der Rechtswissenschaften an der Eberhard Karls Universität Tübingen (Eberhard im Bart!).

Ein genaues Datum für den Beginn seiner literarischen Tätigkeit kann man nicht nennen – aber es hat bereits in der Kindheit angefangen, mit kurzen und weniger durchdachten Geschichten. Inzwischen wagt sich Philipp Kaul mit größtem Elan in die unermesslichen Welten der Schrift und des Papiers und arbeitet an größeren Projekten und Romanen. Neben der Tragikomödie „Don Moro" ist dieses dramatische Werk seine zweite Publikation bei Books on Demand. Sein Ziel war und ist es, ein Teil – wenn auch nur ein ganz kleiner Teil – der großen Welt der Literatur zu werden, der Welt, die doch von allen menschlich geschaffenen die verblüffendste ist.

Bisher erschienene Werke:
„Don Moro", Tragikomödie – November 2022

Milton Keynes UK
Ingram Content Group UK Ltd.
UKHW010009240823
427351UK00004B/189

9 783757 810429